纽约寻书

李广宇 著

法律出版社

目 录

1 **拣叶书园**

3 读孙犁

8 洗盏更酌 匡谬纠偏

12 非人磨墨墨磨人

15 事如春梦了无痕

18 鸳鸯戏水蝴蝶飞

22 远游无处不销魂

26 画眼情心

29 大手笔　小文章

32 细数丁香话宗璞

36 淡墨素笺写文坛

39 萧乾著作在港台

44 园边人拣园边叶

47 向水屋主

51 **鱼庵书话**

53 焦菊隐《夜哭》

55 钱君匋《水晶座》

58 章衣萍《情书一束》

60 苏雪林《绿天》

62 施蛰存《待旦录》

64 辛笛《手掌集》

66 何其芳《刻意集》

68 孙犁《嘱咐》

71 **书话识小**

73 书话鼻祖

78 晦庵书话

83 知堂书话
88 黄裳书话
91 周越然《版本与书籍》
93 姜德明的书
96 香港书话三作家
100 香江书话又一家
103 翻版书话
107 《现代中国作家剪影》
109 《书林掌故续编》
111 书乡细语从容听
114 台港的两家读书杂志
117 藏书家史传一瞥

121 **读凤心解**

123 叶灵凤与鲁迅

127 叶灵凤与郁达夫

131 叶灵凤与潘汉年

135 叶灵凤与戴望舒

140 叶灵凤与穆时英

145 叶灵凤的编辑生涯

149 叶灵凤与《洪水》

153 叶灵凤在香港

157 叶灵凤与香港掌故

160 叶灵凤最初的小说

162 叶灵凤《香港方物志》

164 叶灵凤《文艺随笔》

166 叶灵凤书话

169 叶灵凤的笔名

172 思乡的花束

176 藏书家的洒脱

179 **蠹鱼漫记**

181 买书记痛

184 卖书

188 书债

191 书癖谈屑
194 买书众生相
196 话借书
200 书房名称种种
204 藏书家的斋名

209 **纽约寻书**

211 纽约寻书记

274 初版后记
276 新版补识

拣叶书园

读孙犁

也不知是我对孙犁的文笔太熟悉，还是孙犁的风格太鲜明，反正，最初在报刊上读到署名孙芸夫的《芸斋小说》时，我一眼就认出，它肯定出自《荷花淀》的作者之手。以后，孙犁先生将《芸斋小说》结集出版，便证实了我的猜测。

《芸斋小说》由人民日报出版社出版，共收入小说三十篇。其实，说是小说，不如当散文来读。它宛如秋日的天空，洗净了一切的铅华，达到了疏朗与宁静的极致。

现代作家里，除了鲁迅，我最挚爱的，就要数孙犁了。文坛曾传南有巴金、北有孙犁的说法。是否恰当，我不知道，但我时常认为，孙犁晚年的杂文、随笔与巴金的五卷《随想录》称得上异曲同工，都是真话的记录，都是血与泪的控诉，所不同的不过是行文方式。巴金依旧是“激流”式，大江东去、一泻无余；孙犁则更含蓄一些，时常采取鲁迅式的曲笔。但它们的思想价值都远远超过作者以往的作品，这一点是共同的。

相比之下，孙犁先生走着一条更为寂寞的道路。不见获什么奖，也不见哪国总统给受勋。羊年春节过后，我曾为天津市长给另一位作家、而不是给孙犁拜年，不快了好几日。过后一想，这种不快，实在有些多余，怕要遭孙先生的耻笑。他本人，对这种“人情世态”历来看得很淡，况且在“已经进入了无欲状态，不想再得到什么”的今天。

人的个性总是千差万别的，作家尤其如此。巴金先生反复声明“自己不是文学家”、“写作是为了战斗”。而孙犁先生则更像典型的文士，他身上，发散着更浓的文化味儿。

孙犁先生晚年的著作，我是每逢必买。只是，惜乎惜乎不多见，有几种，如《秀露集》《尺泽集》《老荒集》《陋巷集》等，都是久觅而不得。新近由人民文学出版社出版的《无为集》，于坊间并未发现，却在北大图书馆碰上了，便借来一睹为快。这本十二万字的小书，包括小说、散文、杂文、读书记、书简五部分，基本上是作者在一九八七年一年中所作。孙犁近年著作多由百花文艺出版社出版，都是小开本，装帧颇淡雅。《无为集》的封面，比较起来却有些大红大绿，而且“无为集”三字用黑体字，显得呆板，缺少灵气，然而内中的文字，却极精到。

孙犁先生晚年喜作杂文。这里非指最狭意义上的杂文。其实，他的小说，他的散文，他的读书记，他的书简，都可视作广义的杂文，孙犁先生本人，曾以鲁迅先生的杂文集所包容的文体之广泛为例，指出：“杂文是一种比较灵活的文体，它的动向，不只有纵的开发，还有横的渗透。把一些原有自己疆土的文体，变化归纳在自己的版图之内。”孙犁受鲁迅的影响颇深，但他却不把鲁迅树为偶像，“鲁迅的杂文笔法，也不只是一个笔法”。他指出：“学习鲁迅，应该学习他的四个方面：他的思想、变化及发展。他的文化修养，读书进程。他的行为实践。他的时代。”此论颇独到，正应验了作者“不大看洛阳纸贵之书，不赴争相参观之地，不信喧嚣一时之论”的一贯个性。

这种不凑热闹的独立思考精神，还体现在对《知堂书话》的评价上。过去的几年，寂寞几十年的周作人一夜之间又热闹起来。我出于一种逆反心理，对知堂的文集，颇买过几种。对知堂的文笔，我很欣赏，但对《知堂书话》的一味抄冷僻不多见的古书，总感不知所云，却从不敢于文章中贬损，只是诚惶诚恐地检讨自己的孤陋寡闻。孙犁的词语却点到了知堂的痛处，可谓入木三分。他说：“知堂晚年，多读乡贤之书，偏僻之书，多读琐碎小书，与青年时志趣迥异。都说他读书多，应加分析。所写读书记，无感情，无冷暖，无是非，无批评。平铺直叙，有首无尾。说是没有烟火气则可，说对人有用处，则不尽然。淡到这种程度，对人生的滋养，就有限了。这也可能是他晚年所追求的境界，所标榜的主张。实际是一种颓废现象，不足为读书之法也。”但他并未全盘否定知堂，所谓“与青年时志趣迥异”，便是对“青年时”的肯定。

读文艺评论，向来不屑于读那些洋洋洒洒数万言的唬人之作。总以为孙犁的文论与鲁迅的《中国小说史略》有着相同的意趣，说自己的话，说实在话，乃大手笔。

洗盏更酌　匡谬纠偏

老作家柯灵年逾八十，雄风不减，腕底生风，煮字烹文，新作迭出。《文心雕虫》，一九九〇年六月由百花文艺出版社出版。顾名思义，旨在漫游文苑，掇拾艺林。四十三篇文字，以序跋、演讲居多。按说，这类应酬文章很难道出深意，但柯灵终究是柯灵，他识小知大，寄意遥深；道常人所未尝道，时发警策之语。不说篇篇如玑似玉，也颇足赏心。

衰老乃天道自然，不可逆转，作家亦难幸免。有的人神与身俱衰，不幸堕入偏执、僵化一途，抱残守缺，摇唇鼓舌，充当起卫道者的角色；有的人却生命之树常青，爱和憎仍在血管里沸腾。

由于“经历了几十年的陵谷变迁，看够了无量数的鱼龙曼衍”，到老来，对世道人心愈加洞明。柯灵无疑属于后者。翻翻这册《文心雕虫》，柯灵先生是在有意识地做着洗盏更酌、匡谬纠偏的工作。他为郁达夫的“战士献身、功垂后世，未获正视，反而累及家族颠沛流离”的坎坷身世而辛酸满腹，认为，“要理解人的真价值，不能只看外表，正面观察，反面分析，侧面印证，都不可少，还得触类旁通，联系上下周遭，大节嶙嶙，小节出入。”由此引发了对长期以来盛行于文坛的滥加“局限性”一类评骘的流弊的再思考。指出，用当代人的感觉、观点、认识来要求“五四”时代的作品，不是科学的方法。

早在一九八四年，柯灵先生就以一篇《遥寄张爱玲》的长文，对几十年来颇遭非议的女作家张爱玲的文学地位进行了客观、公允的分析。的确，“任何事物都有复杂性，不像一般观念所理解的那么简单。”柯灵的令人信服之处，就在于他不是从概念出发，演绎推理出一个似是而非的结论，而是把张爱玲现象置于纷繁复杂的历史背景和文学氛围中去考察。唯此，才能悟出张爱玲文学生涯的辉煌鼎盛时期为何命中注定只有两年，而且是“过了这村，没有那店”。柯灵本人在抗战八年中所写的东西，几乎可以说百分之百与抗战有关，但他却对“言必抗战，文必杀敌”的主张投以讥讽，不同意“除此以外，就都看作是离谱，旁门左道”，认为“这是一种不无缺陷的好传统”，“无形中大大减削了文学领地”。所以，张爱玲，乃至更多的卓有成就的作家不见于目前的中国现代文学史，也就毫不足怪了。但柯灵相信历史是公平的，“张爱玲在文学上的功过得失，是客观存在；认识不认识，承认不承认，是时间问题。”行文至此，该是皆大欢喜，理当结束，但柯灵却笔锋一转，出人意料地对张爱玲旨在暴露“铁幕”后面的黑暗的小说《秧歌》和《赤地之恋》的虚假进行了批评，指出：“新社会不是天堂，却决非地狱。只要有点历史观点，新旧中华之间，荣枯得失，一加对照，明若观火。”表现出对历史负责的严肃认真的精神。

柯灵在为姜德明《相思一片》所作的序文中说过：“拂拭尘垢，还以皎洁，为已逝者安魂，使健在者慰情。知人论世，温柔敦厚而不乖原则，不失公平”，何尝不是“夫子自道”？“作诗无今古，欲造平淡难”。柯灵的笔墨，更多地给了那些踏踏实实、默然用命的人。而西禾的遭际，却给人以更多的苦涩之感。他的由“锦心绣口，谈风很健”一变而为“游移退缩”、“忧虑重重”，实在是“悲剧与喜剧的混合体”，“是我们这个时代矛盾激烈的反射镜”。的确，“时代的晕眩和撞击不知扭曲了多少性格”，我们为西禾惋惜，可谁又来为我们惋惜呢？这是《文心雕虫》留给我们的沉重。

非人磨墨墨磨人

读柯灵的散文，总感到一股勾魂摄魄的魅力。有时思忖：这魅力究竟是因了诸如“文字生涯，冷暖甜酸，休咎得失，际遇万千。象牙塔，十字街，青云路，地狱门，相隔一层纸”这样的如醪似醇、快人朵颐的连珠妙语呢？还是缘于他腕底笔端所透露的那般非阅尽无量数的鱼龙曼衍、陵谷变迁而不能具的深切的沧桑之感？也许这两种因素兼而有之，本来就不可截然分开罢，便总也读不够。那本《文心雕虫》还未及从枕畔撤走，一册《墨磨人》又摆上了案头。

《墨磨人》，三联书店一九九一年七月初版，列为读书文丛的一种。翻翻序言，时间却在四年以前，而全部三十五篇文章中，又有十三篇作于序文完成之后，显然经过一番增补，出书过程中定有些许周折。将那标题浏览一过，发现涉及“当世名家巨匠”的颇有几篇，作者恰恰就此表示了某种忧虑，“怀疑读者的青眼之睐，也许是由于爱屋及乌，求珠惜椟”。窃以为柯老的担心不仅大可不必，相反，品藻人物、剖析世态，或许正是他的拿手好戏，亦未可知。那篇《遥寄张爱玲》之一时纸贵洛阳，恍如昨日之事，无须笔者饶舌；另一扛鼎之作《促膝闲话中书君》，同样可作明证。作者论人，喜欢将人物放在历史的大背景前面来考察，所以，尽管写的是钱钟书，是石西民，是马思聪，折射的，却是时代的风云际会。所谓“历史考验人，人也考验历史”，这就赋予人物一种深刻的历史感。

不过，“神话毕竟是神话，尘世的人不是天上的神”，似钱钟书先生这般“只问耕耘，不问收获，清湛似水，不动如山，什么疾风骤雨，嬉笑怒骂，桂冠荣名，一律处之泰然”的大学者，到底不多。置身于“意识领域剧烈冲突”的时代，一般的人很难修炼出“热中有冷，冷中有热，提得起，放得下，进得去，出得来”的过硬功夫，到头来，只能收获些“心理平衡严重失调”的苦果。且不说老舍、傅雷的自戕，也不说马思聪的浮海偷渡，便是石西民这样的人物，不也最终沦为挨整的对象吗？这真是无可奈何的事情。然而“在人的世界里，无论把人民怎样分切，毕竟还有个公认的道德观和价值观”，这一道理虽然那么普通，那么浅显，但敢于将其形诸白纸黑字，却又经历了多么漫长而痛苦的历程啊！

柯灵先生曾将自己的文章自谦为舟子的夜歌，“信口吹来，随风逝去”。我们感得的，却是字字句句铁一般的沉重。作者曾这样概括杂文的功能：“它的使命是听生活调遣，向历史负责”，说的是杂文，又何尝不是夫子自道？此所以不朽也。

事如春梦了无痕

记得好几年前，读过一则资料，说一位大学教授，带领他的研究生，潜心研究钱钟书的天书《管锥编》，取得了不俗的成绩。事过境迁，那位教授的名字并没能记下。直到日前读得郑朝宗先生的散文集《梦痕录》，这才肯定，那位教授一定就是郑先生了。因为此集中的《记钱钟书》一篇，对这位当代大学者的道德文章做了非常精深的论述，倘非对钱氏著述下过一番苦功，绝不会有此卓尔不凡的见解。譬如对于钱先生在学术上的贡献，论者多有“皮相之谈”，而郑朝宗却独能悟出：钱钟书的“鸿鹄之志”，在于“要把文艺批评上升到科学的地位”。他“独辟蹊径，不尚空谈，不作高论，而把主要精力用在研读具体作品，试图从其中概括出攻不破、推不倒的艺术规律”。似这般见解独到的文章，书中还有很多，如《忆余老》《记冯友兰先生》《记罗隆基》。作者知人论世，不掩瑕、不隐过，不作违心语，乃从细微中观其本质，且赋予人物一种深刻的历史感。

这几篇人物印象，大多作于上世纪四十年代末，连作者自己重读一过，都不免感叹“渺如云烟，真同一梦”。所以我们应当感谢郑老身边那些好心人。要不是他们“时时以整理旧作行世相督促”，恐怕这些旧日文章早就散失无遗，真的如东坡所云“事如春梦了无痕”了。由此想到一个问题，那些满腹学问的教授专家，不该总满足于述而不作，以惜墨如金自持。须知雁过尚且遗声，豹死还要留皮，皓首穷经一生，总要将点滴心得整理出来，以飨后人。这方面的遗憾很多。郑先生的老友，原厦门大学中文系主任余謇老先生就不去说了，这里只以陈寅恪先生为例。在半个多世纪以前，吴宓先生就说过这样的名言：“当今文史方面的杰出人才，在老一辈中要推陈寅恪先生，在年轻一辈中要推钱钟书，他们都是人中之龙，其余如你我，不过耳耳！”但就是这位人中之龙陈寅恪，由于时代的原因，却拟撰写中国通史和元史二书竟未如愿，使他青少年时期在国外所作的二十几年的准备，悉数付之东流。想起来，真是难以弥补的损失。因为再出一个陈寅恪，恐怕是不可能的事情了。特别是在人心浮动，文人争相下海的今天。

但无论如何，《梦痕录》一书的问世，总算是一件令人欣慰的事情。在这本不算太厚的书中，郑先生不仅勾勒人物独具功力，便是写山水、谈艺文，也都是征引挥洒、笔路飞动。沉浸其中，不啻一种美的旅行。

鸳鸯戏水蝴蝶飞

鸳鸯蝴蝶派小说，曾受到新文学阵营特别是左翼文坛的猛烈抨击。几种权威的现代文学史，也无一不对其采取不屑一顾的态度。有趣的是，这一与新文学分庭抗礼的流派，不仅没有被置于死地，反而能够长期“井水不犯河水”，一直绵延到了解放前夕。而在几十年后的今天，又大有“沉渣泛起”之势。港台报纸至今仍在连载其经典作品就不消说了，即便在大陆，《啼笑姻缘》《霍桑探案集》《秋海棠》等等鸳蝴派名著，也被大量翻印，甚至搬上了荧屏。倘把眼光再放开去，流行于港台，风靡于大陆的金庸武侠、琼瑶言情，也处处都能寻到与鸳鸯蝴蝶派的千丝万缕的联系。

面对这一态势，一味地挞伐或讳莫如深显然是不够了，因之，一批客观地研究这一流派的兴亡变迁，分析其消极影响与积极意义的著述便应运而生。魏绍昌先生的新著《我看鸳鸯蝴蝶派》，便是其中引人注目的一种。

魏绍昌长期从事新闻出版工作，对清末民初以来各种文坛态势颇为谙熟，而且早在上世纪六十年代初便着手鸳蝴派小说的研究，曾有《鸳鸯蝴蝶派研究资料》面世。这册《我看鸳鸯蝴蝶派》，更是他几十年研究心得的总结，资料之翔实、论述之精辟，堪称同类著作中的翘首。在写作体例上，亦煞费经营、匠心独运，虽为学术专著，却以漫话形式道出。十二个单元，既有内在的逻辑联系，又可各自独立成篇。具体划分一下，则可大致分为三部分。首五篇为总论，对鸳鸯蝴蝶派的新生、发展、兴旺、衰落直至消亡的过程作了全景式的概述，并探讨了这一研究领域内一些理论是非。譬如，《美丽的帽子》漫说“鸳鸯蝴蝶派”名称的由来；《上限与下限》对这一流派的产生和消亡的时间做了界定；《“似是而非”辨》辨的是其内部的南派北派之分，以及它与“上海小报文人”若即若离的关系；《井水不犯河水》分析了它和新文学长期相峙并立的奥秘。中间的一部分，具体介绍了鸳蝴派重要作家“五虎将”和“十八罗汉”的生平事迹及创作情况，讲述了“四大说部”的故事梗概和成书过程，并将鸳鸯蝴蝶派小说归纳为社会、言情、武侠、侦探、滑稽、历史、宫闱、民间、反案和短篇共十大品种，逐一给予概括和品评。最后四篇，谈的是与鸳鸯蝴蝶派有关的社团、报刊与书店，鸳鸯蝴蝶派小说的装饰与插图，以及由鸳蝴派小说改编为影、剧、曲的情况。这样的篇章设置，既有纵的发展，又有横的比较，详略互见、内外并兼，可以说穷尽了鸳鸯蝴蝶派的山山水水。

魏先生的高明之处，在于他能够兼掌故与考

证于一体，寓学术于趣味之中，因之尽得舒徐不疾、详尽平实之妙。作者的立论亦建筑在对大量第一手材料的分析甄别之上，臧否褒贬，备极公允。

读完全书，除对鸳鸯蝴蝶派有了一个较为全面的了解外，还悟出了文学史上一个颇为有趣的现象，那就是不管你在当时的色彩如何、标签怎样，也不管作者人品的功亏盈蚀，随着时间的推移，这些因素全趋淡化，后人注意的，多是那作品本身。像李后主的不朽、知堂的复出，莫不说明了这一规律。更何况鸳鸯蝴蝶派本身仅只主张消磨时间、追求趣味而已，大多谈不上反动。其实，生活本身丰富多彩，读者的要求也不尽一致。所谓严肃的文学，不该再端起一副唯我正宗的架势；所谓通俗读物，也不必一味地自惭形秽。只要于社会、身心无害，是花是草尽管开放，是猫是狗大胆叫唤，鸳鸯戏水蝴蝶飞，亦是百花园中不可或缺的点缀。

远游无处不销魂

好像是去年岁尾吧，在报端读到永玉老人的一封信，说他年内要出三书。仅隔数月，便从纽约书肆买来了《沿着塞纳河到翡冷翠》。焚香沐浴，择一雨天的清晨开始拜读，一直读到细雨打湿了黄昏。

一九九一年的春天和夏天，六十七岁的画家曾有法国和意大利之行，这本书记叙的，就是这两次丰富的艺术旅程。我们借着这位天才诗人和画家的两支彩笔，仿佛真的来到了梵高故里屋外走蛙式，真的呼吸到了罗马黄昏那醉人的异国气息。

“远游无处不销魂”。更何况远游者是一个

有着“明确的爱，直接的厌恶，真诚的喜欢”的情感丰富的艺人。当画家支起画架，安顿好三脚凳，在塞纳河畔、翡冷翠街头，描绘起那一如梦境的景致时，回荡于心底的，常常是故国一位远古诗人那令人肝肠寸断的词句：“华实蔽野，黍稷盈畴。虽信美而非吾土兮，曾何足以少留。遭纷浊而迁逝兮，漫逾纪以迄今……”

看遍了世间的陵谷曼衍，历尽了七八年就来一次的精神晃动，他的行囊里装满了太多太多的故事，所以，尽管在记游，思绪却挣脱了时空的羁束，一切的情感、际遇、知识……无不纷来笔底；臧否时事、粪土人物、舒展心肺，多的是“楚王台榭空山丘”的历史感，多的是令人应接不暇的妙语珠玑。

永玉是赤子。“家乡的河流失了我，我也失掉了家乡的河”，普通得不能再普通的话，却道出了几多挚爱、几多辛酸苦水。

永玉是智者。那诙谐的语言，幽默的故事，

每每令人捧腹，但大笑之余，却让你若有所思，排遣不掉的，是那并不遥远的荒唐的过去。

永玉是凡夫。在纽约、华盛顿、哈佛校园内看到草地上的松鼠，在墨尔本看到地上散步的鹦鹉，在意大利、巴黎看到满地的鸽子，他也习惯于问“为什么不捉起来呢”这一非常东方化的问题，但他终于能够面对一只对人类充满信任的金丝雀而感到深深的惭愧。我们要说，应该惭愧的，岂止是黄永玉自己。

永玉是浪人。“把衣冠蝉蜕，濯足沧浪。无聊且酌霞觞，唤几个新知醉一场”，是他的真实写照。唯一的区别，是他只嗜烟斗，杯中物却从不沾唇。“从今后，伴药炉经卷，自礼空王”，倒像是从来如此。

女儿小时候曾对他说：“爸爸，你别老！你慢慢老吧！”

永玉说：“她都大了，爸爸怎能不老呢？”

我知道，永玉永远不会变老，我从他那大块

大块的色彩织就的画中，分明读到了热烈，读到了年青。当我沉吟痴迷于永玉那扇永远的窗口，不老的永玉可能又拎起了他的三脚凳，唱起了“杜鹃随我到天涯”。那么，就让我们期待着他的下一个故事。

画眼情心

自古以来，中国就讲究诗书画不分，所以身为画家而能写得一手妙文，也就毫不足奇。像黄永玉，像韩羽，像叶浅予，不都在写作方面取得了令人瞩目的成绩吗？

说起这类两栖作家，有一位是不该忘记的，那便是郁风先生。这位资深女画家，虽然早在一九三六年就发表了第一篇散文，但大量写作，却还是上世纪八十年代以后的事情。三联书店香港分店推出的《急转的陀螺》，精选了郁风四十年来所作的二十篇散文。不敢说篇篇如玑似玉，但既经斟酌汰选，想都是作者较为满意的篇什。编排上，则依文章题材，别为三辑：首辑赞美故园乡土，次辑怀念亲人知交，末辑讴歌国际友谊。书内并附作者照片及画作共四十余幅；封面画亦出自作者本人之手。装帧之精美，令人赞叹不已。

散文写作，最容易透露作者的性情。功力与学养不够的人，难免捉襟见肘。所以一般能成大家者，总有些不同寻常的家学渊源和特殊的人生经历。郁风亦不例外。她的父亲郁曼陀、三叔郁达夫，都是现代中国的著名人物。母亲亦是坚强正直、风雅脱俗。郁风不仅亲历过战火的沐浴，还一度身陷囹圄，险些坐穿牢底。作为画家，她经常出外写生，屐痕处处，尽采名山大川之灵气。这些，莫不成为她著书为文的滋养。

郁风的故乡在富春江畔的名城富阳，那是一个如诗如画的人间仙境。六朝人吴均曾这样形容富春江："风烟俱净，天山共色，从流飘荡，任意东西。自富阳至桐庐一百许里，奇山异水，天下独绝。"郁风即便在大墙深处，也想念着故乡的白屋黑瓦，青山绿水。她描写故乡风物的几篇散文，仿佛一幅幅丹青，或泼墨，或工笔，不仅有光有色，更于字里行间融进了浓烈的乡情。

不只是写景状物，便是怀念故友亲人，郁风也处处显露出画眼情心。《生命的强者——白薇》，就好像一帧肖像素描，细致入微的刻画，使这位“大半生受尽了折磨、侮辱、损害，但始终没有低过头，而是继续勇往直前，抱定了生活的信念”的奇女子形象力透纸背。《三叔达夫》，更是本书的压轴大戏。在这幅人物长卷中，郁风用大量生动感人的细节，描绘了达夫传奇般的一生中各个时期的侧影，以极富情感的笔触，讴歌了这位赤裸裸来赤裸裸去的真正的文人。这篇长文的价值，不只在于提供了有关达夫生平的大量珍贵的资料，更在于她以过人的胆识，率先呼吁重新评价达夫的文学地位，还其本来的面目。我看此文与巴金的《怀念萧珊》、柯灵的《遥寄张爱玲》一样，都是融情理于一炉的不可多得的散文佳构。

大手笔　小文章

有位署名辛竹的作者，常在《读书》上做“补白”，长不足千，短不过数十百字，有时只寥寥数语，位置也尽在犄角旮旯儿，但却透出一股大家风度。辛竹究竟姓甚名谁，笔者孤陋寡闻，一直不得而知。直到最近购得金克木新著《燕口拾泥》，才晓得辛竹乃金先生之化名，《燕口拾泥》正是那些补白文字的结集。

不知从哪天起，世风崇尚起“大”：彩电要大的；酒店越盖越大；退休老太太开个杂货铺，也要起个什么环球有限公司之类大的唬人的名号；文章呢，就更不用说了，连标题都忘不了带个“大”字：什么“阴阳大裂变”、“世界大串连”、“人工大流产”……难怪有人戏称“报告大文学”。而金克木先生却反其道而行，专写起豆腐块大小的补白。作为学贯中西的大学者，如此“屈尊”，在时下堪称“罕见”。金先生在《燕口拾泥》后记中说，他的此举，并非“无意插柳”，实在是刻意经营，是为了避免老年人说话的絮絮叨叨，才在七十岁以后专门“学写短文章”。

文章之长短，很包含些人生背景在内。“小时候作文只恨写不长，到后来写文又怕写不短”，此言颇有些“却道天凉好个秋”的韵味。诚如金先生所言：“同样的内容，写短比写长更难。”譬如一句“天凉好个秋”，可谓短矣，但能吟出这五个字，却是谈何容易！

《燕口拾泥》加上一篇后记，也只四十六篇，五万余字。但在这小小的篇幅里，却随处可以寻到真知灼见。如作者认为，“对新玩艺的最好的引进方式不是听讲、照抄而是应用。简单的‘拿来’办法不够了。一则是新东西还只是半成品，不现成。二则是变化太快，拿过来还未消化，人家又变了。照这样跟着跑，永远也难跟上。”针对“目前世界上正刮着一股反传统之风”，作者指出：“这只怕也是继承传统，因为这是‘古已有之’的‘新’潮流，不足为奇。”

品读这本小书，除感叹作者的学识渊博外，印象最深的，就是作者的老老实实的治学态度。其实文章的长与短，说到底，还是与是否“老实”有关，该长则长，该短则短，有话则长，无话则短，关键看你是否老老实实说真话。作文如此，做人又何尝不是？

细数丁香话宗璞

知道宗璞，是由《重放的鲜花》，读到她的曾被当作毒草刈去的小说《红豆》。之后，陆陆续续见到她的新作，感觉她不愧为学者型的作家，字里行间，弥漫着浓厚的文化氛围。再以后，听说她是著名哲学家冯友兰先生的爱女，这才恍然大悟：原来她有如此家学渊源。终于有一天，我也住进了燕园，每天不知要从冯家所居的燕南园经过几次，在心理上，便更与宗璞接近了几分。

宗璞以小说家名，散文大概是她的副业，所以并不多。结集成册的，也只见过一本薄薄的《丁香结》。作者喜欢丁香，常常漫步到北大校园里的丁香三角地，欣赏“那月光下白的潇洒、紫的朦胧”。在她住了断续近三十年的斗室外，另有三棵白丁香，“每到春来，伏案时抬头便见檐前积雪。雪色映进窗来，香气直透毫端”。作者的散文，不正像她笔下的丁香吗？“那十字的小白花，那样小，却不显得单薄。许多小花形成一簇，许多簇花开满一树”，散发着“淡淡的幽雅的甜香”。

作者三十年前写《西湖漫笔》时，开篇第一句便是“平生最喜游山玩水”，而且至今仍不改“山水旧癖，烟霞痼疾”。所以《丁香结》里的文字，游记占去大半。从澳大利亚苍凉而豪迈的中部荒原，到美国原始赤膊的外米亚山谷；从苍凉与妖媚交织联结的敦煌鸣沙山，到大江东流，沿岸哺育了多少俊杰人物的长江三峡……如诗如画的文字，记载着作者的萍踪浪迹。我本来不大乐读游记一类文字，总以为多是浮光掠影的应景文章。但读宗璞的散文，却全没有这种感觉。宗璞在评价哈代时说过："哈代笔下的荒原是有生命的，它有表情，会嚷会叫，还操纵人物的活动。它是背景，也是角色，而且是贯穿在每个角色中的角色。"宗璞的文章又何尝不是如此。作者喜欢与山水相亲的原因，在于增广阅历。"枯坐斗室，未免干瘪。二寸象牙上的雕刻不管怎样精细，总觉拘束"，这多少改变了以往我对游记文字的偏见。但我认为，最能代表宗璞的看家本领的，却是那些抒情写人的篇章。这恐怕得益于她那女性所特有的细腻、敏感和爱心。譬如有几分神秘主义色彩的澳大利亚老人怀特；如水仙一般超脱、悠闲，"差不多常在最冷的时候，悄然飘来了淡淡的清冷的香气"的征莱；"几经雪欺霜冻，好不容易奋斗着张开几片花瓣，尚未盛开，就骤然凋谢"的小弟……一个个活灵活现的人物跃然纸上。有的让人景仰，有的让人叹惋，有的让人泪下如雨。《霞落燕园》更堪称一幅当代学者的群像。作者用简约的文笔，概括了北大燕南园三十四年的风风雨雨，颇有沧桑之感。作者一再写到死，汤用彤、翦伯赞、冯定、朱光潜、王力……燕南园“十六栋房屋已有十二户主人离开了”，“他们都是一缕光辉的霞彩，又组成了绚烂的大片云锦，照耀过又消失，像万物消长一样”。这本小书取名《丁香结》，其实就在暗喻着生活中多的是难解的结，一件完了一件又来，“所以丁香结年年都有”。这是无可奈何的事情。好在作者并没有止于哀怨和叹息，她相信，“霞彩天天消去，但是次日还会生出”，这又给了我们一代又一代人不断进取的希望。

淡墨素笺写文坛

前两年，有人提出重写文学史。是否应当重写，暂且不说，有些文学教科书味同嚼蜡，却是事实。活了三十来岁，文学史也翻过几种，总觉得“千书一面”，无非是时代背景、思想意义、艺术特色、阶级局限——完美的“史八股”。所以当我见到倪墨炎先生的《现代文坛偶拾》，就感到从未有过的亲切。这册小书，讲的也是现代文学，却是用轻松随意的笔触道来；也有考据，也讲版本，全在谈笑风生中完成。以小品的形式写学术文章，近来颇有人尝试，倪墨炎先生即为其一。他把这种文章比作“零食”，以别于教科书，什么“概论”、什么“史”，正儿八经的大部头，那些所谓的“正食”。如果不考博士研究生，还是卧读这类小品来得痛快。况且，它还“可以补充文学史所无法顾及之处”。譬如专写大家闺秀的女作家凌叔华、在文学园地开花却在古生物学中结果的裴文中，还有写出《斧背》的尚钺、流星般一闪即逝的罗淑，都是正统文学史所不收的。与他们的“相识”，全赖此书的介绍。

不独传播知识，讲述珍闻轶事，倪墨炎先生还认真地做着匡正史实的工作。譬如林语堂。文坛一直盛传，杨杏佛遇刺后，作为民权保障同盟执委的林语堂，由于胆怯和软弱，而不敢前往吊唁。倪墨炎指出，吊唁活动共举行两次，林语堂是七月二日前往灵堂致哀的，“两次吊唁活动仅相隔十二天，都是在严重的白色恐怖之中……林语堂毕竟参加了一次，还是好的。”对林语堂的为人、为文如何评价，不是一句话能说得清的，但这种实实在在的治史态度，却给人留下深刻印象。

倪先生对许广平的坚贞不屈，对鲁迅的硬骨头精神，都表示了深深的敬意。日寇侵略我国期间，无数同胞惨遭杀害，其中包括一大批文化人，像郁达夫、陆蠡、丘东平，还有在国难中病贫交迫而死的王鲁彦。倪先生感叹道："这就是国难中的作家，这就是贫病困境中的作家，这就是奋斗到底的中国作家！"这种民族气节，这种献身精神，今天读来，仍觉弥足珍贵。

《现代文坛偶拾》，由学林出版社出版，为夜读丛书之一种。初版以后，数次印刷，可见这种学术小品还是颇受读者欢迎的。淡墨素笺写文坛，个中滋味，一品便知。

萧乾著作在港台

萧乾，这位足迹踏遍大半个地球的著名作家和报人，青年时代即名噪天下，但一九五七年一场风暴，使正值壮年的他误陷文网，从此销声匿迹，稿纸上留下长达二十二年的空白。重见阳光时，他已年届古稀，且患有多种疾病，手术不断，可他却宝刀未老，焕然操觚，重新活跃于文坛。萧乾著述近年出版颇多，其中有不少印行于港台，大陆读者恐怕就不太多见了。

一九八〇年，萧乾先生访美归来路经香港，彦火告诉他，在与世隔绝的三十年间，香港有些出版社曾翻印了他的长篇小说《梦之谷》、散文集《珍珠米》、与沈从文合著的《废邮存底》，另外还出版过他的一本选集。萧乾先生对这种盗印并无谴责之意，而是很慷慨地说：“有人出版我的著作，我是欢迎的，决然不会要求什么酬劳。”这些盗版书，我见过的，有香港文学出版社一九五七年四月初版的《萧乾选集》和中流出版社一九七九年十月出版的《梦之谷》。前者分四辑，选录了萧乾的二十五篇小说、文论和散文特写，并有编者序。一九八〇年春，又一部《萧乾选集》由香港文学研究社推出，但并非第一本的再版。它收录了萧乾复出后的近作《美国点滴》，同时抽去了文论部分，只余两辑，分别选录小说八篇和散文特写四篇。《前言》的作者梅子，曾与彦火合编《萧乾年表简编》。

萧乾重新拿起笔来之后的第一个散文结集，是《一本褪色的相册》，一九八一年四月由天津百花文艺出版社出版，同年五月由香港三联书店出版了繁体字版。书分三辑，即《往事回忆》五篇，《美国之行》七篇，《老报人余笔》三篇。

港版另增加《访问记》一篇作为附录，访问者为杜渐、朱岩、徐友梅、丘虹、彦火、黄立强等人。萧乾主要谈了访美观感和近期的创作情况。作为《中国现代作家选集》丛书之一的《萧乾》，也是由大陆和香港同时出版。香港方面的出版者为三联书店香港分店，出版日期是一九八三年一月。书由作者本人编定，作品部分共收短篇小说九篇、散文特写八篇，全部是解放前的旧作；资料部分有赵令扬的《萧乾作品评析》、舒辑的《浅读萧乾的散文特写》和梅子、彦火编的《萧乾年谱简编》。至于为什么不收文学论文，萧乾在《自序》中这样解释："我觉得一个从事创作的人，倘若对创作有些什么一得之见，尽可以通过自己的艺术实践把它表现出来。"内地和香港同时出版的还有散文集《负笈剑桥》，三联书店香港分店一九八六年十二月一版，为《读者良友文库》之一种。

　　对自己人生经历的回顾，萧乾写过不少，但

多采用书写“代序”的方式。一九八八年十一月香江出版公司出版的《未带地图的旅人》，则是“整个写了一下”的“萧乾回忆录”。这本厚达四百多面的自传，以《黎明曲》《冲出去》《我与〈大公报〉》《旅英七载》《大十字路口》《我回来落户了》和《重见阳光》七部分，记录了自己崎岖坎坷的不平凡的一生。它不单是个人生命的简单记录，更充满了对世态人情的严肃思考。透过朴实无华的文字，依稀可见整个大时代的影子和中国半个多世纪以来的历史风云。回首往事，萧乾说：“我的脚始终没离开过大地，没离开过民众，因为我就是他们所养育的，我来自社会阶梯的底层。”书中附录了大量珍贵的照片，装帧设计亦属一流，是一本难得的好书。

台湾出版的萧乾著述，我见过两种，一是《书评研究》，二是《我要采访人生》。前者于一九九〇年七月由台湾商务印书馆发行，估计是一九三五年十一月初版本的影印。后者则由经济与生活出版公司于一九八八年七月出版，列为《远见丛书》的第六种。收在这本选集里的作品，都是萧乾平反后的近作，经过有机的编排整理之后，恰好涵盖了萧乾自童年迄今所有的遭际与成长历程，因而这本近乎自传的书可与《未带地图的旅人》对照阅读，相互补充。

园边人拣园边叶

平生爱读闲书不过三种，一曰书话，一曰小品，一曰作家剪影。以为于夜深人静之时，信手翻上几页，乃世间无量的享受，故每遇辄买。午后踏雪至唐人街访书，于书本杂陈的架上，无意间抽出一册《园边叶》，粗略一翻，竟集前述三爱于一炉。不禁狂喜，视为空前的收获。

书由香港三联书店出版，封面装帧朴素中透出几分雅致。作者吴其敏的大名并不特别生疏，因他至今仍在《大公报》副刊的《坐井集》专栏里放马驰骋。

这册小书，共收短文一百三十五篇，谈的全是现代文坛的旧闻和掌故。以吴老一生的文坛阅历，与诸多名家大师的翰墨因缘，称其为权威不能算过分，但他却谦逊地自许为园边人，只在园边东一片西一片，随意地拣拾落叶，先就让人油然生起一股敬意。常说一叶而能知秋，那么吴老什袭而藏的这一百三十五片叶子，又该折射出几许寒暑呢？个中斑斓多姿，不须说便能想象得出。作者娓娓介绍了近百位作家，从鲁迅、茅盾、郁达夫、叶圣陶、巴金等文坛巨擘，到石评梅、白薇、王鼎新、唐槐秋、潘多灵这些较少为人所知的旧时文人，无不取其片泥鸿爪。既谈其人，又品其文，由小见大，求实存真，虽非“谠言嘉论、鸿篇巨制”，但因是有一点讲一点，反而觉得平实可信，意趣盎然无尽。

“论世知人，以偏概全总不是办法。”这怕是人所皆知的道理，但真正做起来却又不似想象的那般容易。既是谈书论人，难免褒贬臧否，吴先生却大抵能做到不偏不倚。譬如对郁达夫、周作人、徐志摩等人的评价，便颇公允。便是对林纾、顾颉刚这些曾遭鲁迅先生抨击的人物，也并不因对鲁迅的无比景仰而将其论敌全盘否定。他敢于坦然承认顾氏功绩劳绩昭然在人心目，也勇于告诉世人："我对林琴南颇有一些好感。"真可谓是非分明、光明磊落，不独史笔月旦，更显出作者乃真正的性情中人。

常见一些作家学人，每下笔必走马千里，淡而乏味，不知伊于胡底。吴老的文章，却一律短小，篇篇不过数百字而已，含蕴却是那般的浑厚，常给人以难以忘怀的印象。我想，这也许是写专栏文字的磨砺罢。

向水屋主

香港曾有“文化沙漠”之称，但在这片荒漠上，亦不乏默默耕耘的拓荒者，侣伦便是其中不可忽视的一位。

侣伦，原名李林风，一九一一年生于香港，一九八八年辞世，他上世纪二十年代末即开始写作，在长达五十多年的文字生涯中，除了孜孜不倦地从事小说散文创作外，还编辑报刊、撰写电影剧本，对于香港文坛做出了不可磨灭的贡献。五十年代初期，香港文学处于低潮，侣伦却连续推出了长篇《恋曲二重奏》和中篇《三颗心的男子》，特别是《穷巷》一书的出版，更“犹如风吹死水，使香港文坛多少起了一些波纹(刘以鬯语)”。退休以后，侣伦仍以古稀高龄，致力于散文随笔的写作，结集成书的，就有这本《向水屋笔语》。

向水屋乃侣伦住居，横额出自徐悲鸿手笔。但侣伦的住居并非向水，聊以纪念许久以前的事情而已。可是读向水屋主的散文，依旧能感到一种清风徐来、水波不兴的爽气。在这本小书中，侣伦以他那精细潇洒的笔力，饱蘸真挚素朴的情感，追忆文坛沧桑，缅怀同行友朋，抒写爱书情趣，每每都能给人以美的享受和精神的启迪。其中最堪珍贵的，怕还是早期香港文学活动的掌故追忆。作者以其亲身经历，回忆了一群文学青年在混沌时期的香港，为传播新文化所做的可歌可泣的努力。对岛上社、文艺茶话会、《伴侣》《字纸簏》《红豆》《新地》《时代风景》等社团和刊物的介绍，均有史料价值。

由于香港特殊的殖民地环境，在二十世纪上半叶，每当中国有什么战乱，总有一些作家南来香港，构成了香江文坛特有的风景。侣伦的笔亦记下了这些匆匆过客的片泥鸿爪。这些作家中有戴望舒、黄谷柳、穆时英、钟敬文、司马文森。至于后半生在香港度过的曹聚仁和叶灵凤，更是频频出现在他的笔下。书中收入《艺坛俯拾录》三十八则，与郑逸梅的《艺林散叶》堪称异曲同工。每一则虽不过三言两语，却无一不是珍贵的文坛掌故。

鱼庵书话

焦菊隐《夜哭》

焦菊隐是著名的戏剧家，早年却以诗人而知名，他的散文诗集《夜哭》，一九二六年七月由北新书局出版，几年之内，不断再版。我见到的这册，是一九二九年十月的“增订四版”，扉页有毛笔手书“甲辰有之”的字样，似是沈从文的旧物，不知如何流落到纽约，又如何进了哥伦比亚大学的中文图书馆。

书的装帧很别致。封面画一燃着的白烛，烛泪也斑斑。很明显是套用李商隐“蜡炬成灰泪始干”的意境，恰好与“夜哭”的书名切题。书为大三十二开，依旧是天宽地阔。每页仅九行，行二十八字，更围以颇有古意的黑线栏框。五辑的名字是：《夜哭》十篇、《人间》四篇、《一缕青烟》六篇、《慵懒》六篇、《杂诗》三篇。书前有于赓虞《夜哭序》和作者的《再版自序》《四版自序》。焦氏坦承，这些诗“只是些微风细雨之夜，伴憧恍孤灯的寡妇之啜泣声，而非号啕的男士的泪痕”。首辑的几首，也的确有些过于凄婉，使人想起唐弢《落帆集》中的一些篇章。但自《人间》以下，却多了一些锐利与沉着。无论如何，这些在形式上如此纯净美丽的散文诗，在上世纪二十年代的中期，毕竟是不多有的。

钱君匋《水晶座》

以书籍装帧著名的钱君匋，实在是多才多艺的一个。除了绘画、音乐双绝，亦曾出版过诗集，这便是上海亚东图书馆一九二九年三月出版的《水晶座》。

《水晶座》，道林纸印刷，内文竖排，上下各有一条黑色栏线，天宽地阔，格外舒朗。正文部分六十五页，收入抒情诗三十六首。正文前附有赵景深、汪静之、叶绍钧、章克标、汪馥泉分别为本书作的序，及作者本人的一篇《题记》，卷末更有姚方仁所作《跋》。数了数，这些序和跋竟足足占去四十页，差不多赶上正文的篇幅了。

这倒是十分有趣的现象。因此，钱诗究竟如

何，我倒懒得去关心，反而兴致勃勃地欣赏起这些序文来。这几位先生大都是当时的名家，又都是君匋的朋友，所以看他们如何摆擂台，倒很有意思。赵景深的序排在最前面，也最多溢美之词，一会儿说“近似王维”，一会儿说“近似韩偓”，一会儿又说“更多近似韩永苏东坡这一般北宋词人”。诗人汪静之的序则指出，“君匋能画，能音乐，又能诗……所以他诗中有画而且有音乐，三种艺术已融成一片了。”比较起来，叶绍钧的序最凝练，也最客观。他说：“我读君匋的诗，大多是有境界的。或许有人读了君匋的诗会不满意，说他太委婉了，太隐逸了；甚至说他作的不是诗，因为各篇的句子长长短短，而大部分又不押韵。……但我以为，对于别人的东西，应该用了解的心情，取宽容的态度，来阅读、来吟味……”显然是既委婉地谈了自己的看法，又不失其一贯的温柔敦厚的秉性。章克标的序，则主要记叙他和君匋相处时的一些旧事，关于诗集，只说了“这全是他努力的结晶”这样的话。为文老实客观，而且对于君匋生活中诸般行状的描写，也颇有助于读者对于诗作的理解。汪馥泉的序却说：“对不住君匋！你底诗集底头上，着了我底狗屎！”不免令人忍俊不禁。从那篇颇无章法的文章看，汪先生倒颇有一些自知之明。

末了钱先生在《题记》中，对何以请这么多朋友写序，作了一番解释，说：“不过是一时高兴”，“不比有些著作人专靠名人的序文的牌子而骗钱的”。

章衣萍《情书一束》

章衣萍是安徽绩溪人，胡适之的小同乡。他的出名，一是因了那句“我的朋友胡适之”的名言，二就是靠那本轰动一时的《情书一束》了。

《情书一束》原名《桃色的衣裳》，是当年在北京的北新书局出版的。以后北新迁沪，再版时改作《情书一束》，这一改，竟使这部小说畅销起来。据说北方有许多中学竟用作国文教材；作者本人，也顶上个“摸屁股诗人”的艳名。

我见到的这册，是一九三〇年三月的第九版，大三十二开，道林纸印刷，竖排，封面蓝红双色印。那一幅红衣女子画，不仅很富装饰性，与小说的内容也较协调。八篇小说的篇目是：《桃色的衣裳》《红迹》《第一个恋人》《爱丽》《阿莲》《从你走后》《松梦山下》《你教我怎么办呢》。虽不觉得有多深刻的社会意义，但描写恋爱故事和青年的性心理，总算较为生动，文笔也还称得上干净利落。

据曹聚仁在《文坛三忆》中透露，小说的女主角便是章的夫人吴曙天女士。这之中曾与一位谢启瑞发生了三角恋爱，最后当然是章衣萍获胜，所以他曾不无得意地说："启瑞爱君君爱我。"那谢启瑞经此打击，就去搞革命了，后来以暴动总司令的罪名被枪决。曹聚仁有感于此，曾有意写一部《情书第二页》，要把"血腥的衣裳"这一面揭示给世人，但终于没有写成。

章衣萍本人亦不长寿。据温梓川在《文人的另一面》中说，他在抗战胜利后因患脑溢血逝世，"是和家人吃晚饭时，伏在饭桌上死去的"。尽管生前他就表示对死后上不上文学史不感兴趣，但他的身后，毕竟还是颇为寂寞的。

苏雪林《绿天》

苏雪林的书，我一向是不喜欢的。这不光因了她曾攻击过鲁迅，更为着那种攻击的方式——全没有女人气的偏狭和刻毒。当我发现这册《绿天》里竟印有我喜欢的叶灵凤插图时，才忍不住拿来翻翻。其实这插图也只两幅，一名《睡莲》，一名《夜游》，绿墨印刷，仍是风格很像蕗谷虹儿的装饰画。

《绿天》是苏雪林早年的散文集，一九二八年三月由北新书局出版。手边的这册，却已是一九三三年二月的第六版，那时节她还是署作绿漪女士的。收录到这本集子中的作品共有六篇：《绿天》《鸽儿的通信》《小小银翅蝴蝶的故事》

《我们的秋天》《收获》《小猫》。大多是记述她和一位工程师的新婚生活的，而书前恰好有“给建中——我们结婚的纪念”这样的题词。那时的苏雪林，总算表现得较有情趣，也很富于幻想。但他们夫妇之间，似乎并不很融洽。一九四九年前后，她来到台湾，“那个冷酷非常、专讲究实利主义的工程师”则留在了海峡的另一边。有意思的是，苏女士虽然认为他们的爱像道轻烟，“多年之前，便是消失得无影无踪了”，却好长时间依旧维持着这无爱的婚姻，即便隔着海峡，仍“不免常有所怀念与忧虑”。在他们结婚三十周年之际，她更将《绿天》交由台湾的今日妇女社重版，以为“锡庆”的纪念。不过，新版《绿天》的篇幅已经大大增加了，除了将原来的几篇作为第一辑保留外，又增加了第二辑的《岛居漫兴》《劳山二日游》和第三辑的两篇童话。这些一半属于事实，一半则属于“美丽的谎”的文字，据说还颇受欢迎。

施蛰存《待旦录》

现代作家施蛰存是以《将军底头》这类心理分析小说而扬名文坛的。一九三二年初，他受张静庐之聘，为现代书局编辑大型文艺刊物《现代》，更为现代派小说家提供了一个重要阵地。他较多地写散文，却是在编辑《文饭小品》之后，这时期的创作，后来结集为《灯下集》，由上海开明书店于一九三七年出版。抗战期间，他曾在厦门大学中文系任教，此间亦写过不少散文。结集成书的，便是这册《待旦录》。

《待旦录》，由上海怀正文化社于一九四七年出版，列为“怀正文艺丛书之四”。发行人刘同缜其实就是刘以鬯，乃上世纪四十年代成名的重要作家，后来移居香港，写过《对倒》《酒徒》等小说，已然成为泰斗级人物。

从《灯下集》开始，施蛰存的散文就具备了书卷气较浓这一特色，其中有不少属于读书随笔。《待旦录》的内容，仍保持了这一偏好，除第二辑的一部分“絮语式散文”外，更多的，还是“关于文艺的一些小意见”。这些文章在发表时，“颇有几篇引起文艺界同人的针砭”，可见出语的不同凡俗，但今天看来，也决不属于什么“异端邪说”。

我倒很乐意读放在书尾的那篇《关于图书馆》，以为施先生对于爱书者心理的描摹，很有几分普遍性。文中说：“一个善于欣赏书籍的读者，当他得到一本值得欣赏的书之后，他不仅是热心地读它，而且还得玩弄，或说摩挲它，借来就看，看过就还，对于一本好书，这是最煞风景的待遇。”或许有人要说这纯粹是“书癖”了，但书癖又有什么不好？

辛笛《手掌集》

诗人辛笛的代表作《手掌集》，一九四八年一月由上海星群出版公司出版，三十二开，一一六面，有西报纸和道林纸两种印本。封面画一只纤手和数枚小花，系借用英伦木刻家裘屈罗·赫米斯的作品，手写体的书名亦很般配。我见到的这本，有辛笛的亲笔签名，乃赠予“继平兄”，时在一九四八年四月，赠者和被赠者彼时“同客于纽约”。顷翻香港作家黄俊东的《现代中国作家剪影》，却说《手掌集》由森林出版社出版，不知根据什么。从星群版的作者《后记》看，此当为初版无疑，即便由森林出版社出过，也该是此后的事情了。

《手掌集》共收诗四十八首，分作《珠贝篇》《异域篇》《手掌篇》三辑。虽然第一辑和后两辑的写作时间相隔不是太久，但还是能看出些许的变化。形式上固然同样的凝练、纯净，较后的作品，却因了生活阅历的增加，蕴含上便厚重了许多，更具有了一种内在的韵律和力度。

辛笛先生虽则清华出身，又在英伦受过西洋文学的良好训练，很多时间里却一直在金融界供职。能够于俗务中偷闲，做出如此不俗的成绩，实在是令人叹服的事情。这使我想起与他同时代的唐弢先生，他更是以邮递员的身份，而长期从事业余创作。

辛笛不仅能诗，散文亦写得漂亮。同样是一九四八年出版的《夜读书记》，名气自不在《手掌集》之下，可惜的是，它比《手掌集》更为难寻。倒是从《开卷》杂志上拜读了他的一篇《狂胪文献耗中年》，其行文之美，似也略见一斑。

何其芳《刻意集》

何其芳的《刻意集》，一九三八年十月初版，收入文化生活出版社《文学丛刊》的第五集。在此之前，他已出版了诗集《汉园集》(合著)和散文集《画梦录》。《刻意集》所收的便是除此之外，“尚可以宽容的挑选出来”的“下脚料”了，因而称为“杂集”。是既包括了诗，又包括了散文在内的。以后在出第三版时，作者又将内容做了一些调整。他在写于一九四〇年十二月十八日的《三版序》中称：“我愿意这本书显得单纯一些，调和一些。我要把那些诗和那两篇关于诗的文章从这本书抽了出来……我要把我的未完成的《浮世绘》的四个断片加进去。”《浮世绘》是他一部未完成的长篇小说。这样，第三版《刻意集》的内容就包括了叙事散文《王子猷》、“对话体”散文《夏夜》以及小说断片《蚁》《棕榈树》《迟暮的花》和《欧阳露》。我所见到的，又是一九四六年十一月的第四版了，内容估计与第三版也无甚变化。

《刻意集》的文章大多作于抗战前，虽然不再像《画梦录》那样偏重于心灵的独白，而有了一些叙事的成分，但题材却依旧偏重于青春的叹息、纤弱的情感和美丽的梦想。即使是那几篇被称为小说的《浮世绘》的断片，也几乎没有什么情节。现实的世界，在这里是极其模糊朦胧的。它们的成就，都远远比不上《画梦录》。事实上，《画梦录》是何其芳的第一本，也是最好的一本散文集，他一生的创作成绩，都没能逾越这一巅峰。

孙犁《嘱咐》

《嘱咐》，孙犁短篇小说集，一九四九年十一月由天下图书公司出版。天下图书公司在上海的愚园路，此书的版权页上却标明“在北京印造华北版第二版”。全书共七十二页，收入《光荣》《浇园》《纪念》《嘱咐》四个短篇。书是“大众文艺丛书”的一种，书名作蓝色，背景则是红色的颇有民间年画风格的乡居图，农民们正在笑逐颜开地张灯结彩，或者在庆祝胜利，或者在迎接新年，无论如何，与书的内容，倒是浑然一体。但书名页上“孙犁著，吴劳译”的字样，却令人费解。孙犁的这几篇小说，既非用外文写成，又非译作外文，何来的“译”？翻遍了全书，也只发现了几帧插图，莫非是“吴劳插图”的误植？

从封底“大众文艺丛书”的书目中，亦发现了孙犁的另一本小说《村歌》。这些解放区题材的出版物，装帧风格虽然和上世纪三十年代不尽相同，但也还称得上讲究，五六十年代的作家出版社、人民文学出版社的一些文艺书，基本保持了这样一种风格。藏书家大多致力于对民国时期绝版书的搜求，其实，建国初期的这些出品，也有着收藏的价值。去年在北京琉璃厂的古籍书市上，我就以每本两角的价格，买得了一捆，这之中郭小川、闻捷等人的诗、杨朔等人的散文，设计上，自有与今不同的意趣。再过一些年，这些版本怕也难求了。

书话识小

书话鼻祖

书话的流行，原因固然很多，但三联书店的推波助澜，应当说发挥了不小的作用。一九八〇年，唐弢的《晦庵书话》率先出版，随后，一大批同类著述相继推出。其中较著名的，有郑振铎《西谛书话》、黄裳《榆下说书》、孙犁《书林秋草》、杜渐《书海夜航》、叶灵凤《读书随笔》、冯亦代《书人书事》，以及姜德明《书味集》、董鼎山《天下真小》等。几年下来，已形成了相当可观的阵容。

不过，一位重要的书话大家却给遗漏了。这便是阿英。

阿英自打上世纪二十年代步入文坛，就非常

注重新文学史料的搜集和研究。所以在他早期的一些随笔杂著中，就已具备了一些书话的成分。一九三三年他在编选《现代名家随笔丛选》时，就注意到对“读书杂记”这一体裁的选收，并表示了他的偏爱。譬如他在该书序记中说：“施蛰存的《无相庵随笔》，里面有很多好作品……在这里选用的，我最喜欢《买书》一篇，这大概是由于和我自由的生活接近的缘故吧。”又说：“顾颉刚写的‘读书杂记’很多，在《日记文学丛选》里已经收了一些，这里收的是更短小的。……在读书随笔写作的方法上，这是可以帮助的。”而在这同时，他已经开始了读书随笔的写作。他的以读书小品、考订随笔为主的《夜航集》，于一九三五年三月出版，与周作人的《夜读抄》差不多同时。而唐弢先生开始撰写书话，已是十年之后的事情了。

更重要的是，现在通用的“书话”这一概念，以阿英为最早的采纳者，这便是作于一九三六年的《〈红楼梦〉书话》。如果说这篇文章做的还是考订古籍的工作，那么，发表于一九三七年的三则《鲁迅书话》，则完全是新的意义上的书话了。黄裳先生就称阿英为新的书话的“最早的先行者”，并指出：“他在一九三五年写《版本小言》，就将‘新书’的版本价值拿来与旧书相提并论，在当时可能是惊世骇俗，在今天，则正是高明的预见。”(《银鱼集·阿英与书》)唐弢先生亦称赞阿英的《夜航集》“收入的是读书小品、考订随笔，读来也颇有趣”。

在此后出版的《海市集》和《剑腥集》等书中，也同样收入了不少的书话作品。综观阿英上世纪三十年代以前的书话，可以说，现在流行的几种书话写作的方式，他大都已做过尝试。譬如：偏重于品评内容和分析写作技巧的，有《小品文谈》《周作人书信》；主要考证出版始末、版本变迁的，有《鲁迅书话》《〈老残游记〉版本考》；记载书的命运、遭遇的，有《关于清代的查禁小说》《新文学初期的禁书》；叙述访书、买书经过，描绘书市风景，抒发对书的痴情的，有《城隍庙的书市》《西门买书记》《海上买书记》；阐述对于写书、编书的看法的，有《论文选》《〈新文坛秘录〉前记》；由读书而引发的杂感，则有《吃茶文学论》《明末的反山人文学》。

阿英的可贵之处在于，不仅仅把书作为单纯自娱的手段，有时还把它作为战斗的武器。例如在抗战期间所写的一组《国难小说丛话》，就是借着记述几种与抗击外寇有关的晚清小说，来表达“日人今番侵略中国，其凶残自不让于甲午时期”的义愤，以独特的方式进行抗战的宣传。

解放以后，阿英对于书话写作的兴趣依然不减，在一九五一年和六一、六二年，更出现了两次书话写作的高峰。五十年代主要写外国文学在中国翻译出版的情况，如《易卜生作品在中国》《关于歌德作品初期的中译》《关于〈巴黎茶花女遗事〉》《赫尔岑在中国》等。六十年代初则以连载于《人民日报》的《辛亥革命文谈》为最有影响。

阿英先生非常珍爱自己的书话文字，早在《夜航集》出版时，他就说过："其内容虽'不三不四'，每一篇的写作，却也曾用过相当的心力，于是，闲时翻检，便不免有'敝帚自珍'之意。"到晚年，又透露过想把此类文字单独结集的愿望。但一九六四年以后，他就再也不能写自己喜欢的文章了。直到一九七七年，可以重新发表作品了，阿英先生却带着十年浩劫中所留下的满身创痛，悄然离开了人世。

一九七九年出版的《阿英文集》，对阿英一生所作随笔、日记、序跋文字多方搜集，也许正是因为有了这本文集，三联书店才没有编选一册《阿英书话》。但我觉得，以阿英先生在书话写作中的卓越成绩和产生的深远影响，编选这么一册纯粹意义上的书话，并不是一件奢侈的事情。

晦庵书话

唐弢最早发表书话，是在一九四五年六月号的《万象》杂志，署名却是晦庵。以后凡写书话，均用此名。据唐弢自述，使用“晦庵”只是因了在孤岛时期的上海，他曾化名王晦庵，并无别的什么含义。但正是这个“晦庵”，使一般读者产生了不少误会。很长一个时期，读者，包括一些唐弢的熟人，都误以为晦庵是阿英的化名。这不仅由于阿英同样爱写书话，还因为他用过笔名魏如晦，抗战时期又在上海办过风雨书屋，很容易让人将“风雨如晦”与“晦庵”联系在一起。

不过这一误会倒能说明两个问题：其一是晦庵的书话和阿英的书话有着某些相似之处。我们来看看唐弢的回忆：“记得《书话》在《文汇报》副刊《文化街》发表的时候，有一次在开明书店遇见叶圣陶先生，他说：‘古书讲究板本，你现在谈新书的版本，开拓了版本学的天地，很有意思。’”可见，谈新书的版本，乃晦庵书话的特长。这也恰恰是阿英所提倡的。早在一九三五年，他就在《版本小言》一文中率先提出：“版本对于新书，是一样有道理的。”还说：“注意版本，是不仅在旧书方面，新文学的研究者，同样的是不应该忽略的。”他更于一九三七年发表了一组《鲁迅书话》，实际上成为新的“书话”的“最早的先行者”(黄裳语)。这就引出了第二个问题：晦庵是接受了阿英的某些影响的。这一点尽管谈得不多，但唐弢先生确曾说过“阿英的《夜航集》……读来也颇有趣”这样的话。

读书界，颇有人把晦庵奉为“书话主人”的。但他并非新的“书话”这一文体的开创者，已如前述。如果说阿英是书话的圣人，那么晦庵该是亚圣或者朱熹。

不过，尽管阿英弄书话的历史较早，但对当代的影响，却比不过晦庵。这恐怕有两个原因：一是阿英的兴趣太广泛，著述所涉及的领域太杂，以至于其他方面的赫赫声名使得他的书话不那么引人注目；二是他的书话一直未能单独结集。虽然他对这一类文字非常珍爱，晚年也一再透露结集出书的愿望，但惜乎过早地撒手人寰，未能得偿夙愿。这样，他早期收入书话较多的几种文集，如《夜航集》《海市集》《剑腥集》，均已绝版，一般人很难见到，所以就有了些许隔膜。而唐弢先生一九六二年便由北京出版社印行了《书话》，这怕是明确打出“书话”旗号的第一本出版物，自然吸引人。一九八〇年，又在《书话》的基础上，补充了《读余书杂》《诗海一勺》《译书过眼录》和《书城八记》四个部分，编成一册厚厚的《晦庵书话》，交北京三联书店出版。也正是从那以后，书话和书话一类的文字才开始多了起来。

晦庵书话之所以影响巨大，还由于他写作风格上的一以贯之和对于书话理论有较完整的阐释。阿英虽倡导新文学版本较早，但他自己的兴趣却是多方面的，所以他的书话，不仅有新文学，更有晚清小说、杂剧、美术等等。晦庵书话却格外单纯，除一组介绍书林掌故的短文外，其余都是介绍新文学的著作或译作。尽管作者自称“那时的情形是：随手买到一本，随笔写上几句，兴之所至，根本谈不到什么预计和规划”，但由于他的兴趣较集中，所以最后将这些文字聚拢到一起，就不期然地呈现出一种体系上的完整。这就增加了读者的兴趣。

对于书话理论，唐弢先生也作出了空前的总结和阐述。关于师承，他指出：“我写《书话》，继承了中国传统藏书家题跋一类的文体。”“《书话》综合了中国古代以评论为主的诗话、词话、曲话和以文献为主，专谈藏家与版本的如《书林清话》这两方面的特点。”关于风格，他说：“我也曾努力尝试，希望将每一段书话写成一篇独立的散文”，“书话的散文因素需要包括一点事实，一点掌故，一点观点，一点抒情的气息；它给人以知识，也给人以艺术的享受”。他把着眼点放在“书”的本身上，“材料的记录多于内容的评论，掌故的追忆多于作品的介绍”。篇幅上则强调“文章长短，不拘一格，应视内容而定”。他自己则喜欢写三五百字的短文，但就是这三言两语，却能给人以多少知识，多少美的享受啊。

我们本来寄希望于唐弢先生，再多多地为我们写一些书话，但先生晚年却以多病之躯，完全投入到《鲁迅传》的写作之中，最后，未及完成，便带着那么多的遗憾，痛苦地告别了人间。

知堂书话

由于人所共知的原因，知堂即周作人，在很长一个时期内，是很忌讳提起的，他的著作，自然也随作者一起销声匿迹了许久。最近两年，知堂的书颇有印行，我买到的，就有上海文艺出版社的《周作人早期散文选》，上海书店的《知堂文集》《过去的工作》等。说实话，很是喜欢。而且几册书翻过，并未曾学他的样子，也去“附逆”一番。不过话说回来，他那“污点”，任凭书写得再好，也还是抵消不过的。书可以读，教训还是要记取。

最近又得手一部《知堂书话》，为钟叔河编，岳麓书社一九八六年四月出版。系从作者一生所著三十几部文集中，把以书为题的文章收集起来而编成。作者读书甚多，光这本《书话》介绍到的，就不下几百种，而且范围不仅限于文学，举凡野史笔记、日记尺牍、宗教伦理、书法美术、地方史志、神话典故，以至自然史、医学史、妖术史等等，均有所涉猎。有许多书，在我们可说是闻所未闻，自然大开眼界，不得不感佩作者的勤奋。

知堂不仅读书广泛，书话书评亦写得与众不同。他曾说过：“我相信批评是主观的欣赏，不是客观的检察，是抒情的论文，不是盛气的指摘。”他为文的态度是：“我平常喜欢寻求友人谈话，现在也就寻求想象的友人，请他们听我无聊赖的闲谈。”所以，我们读他的文章时感得的便是平实和亲切，不会生出面对手拿戒尺的严师那般的感受来，这样，不仅于轻松愉快的闲谈中，了解了原书的内容，同时还感觉到了融注在《书话》里边的作者的学养和性情，得到了艺术的享受。因之，钟叔河先生把知堂的文章，推为书评书话中的上乘，绝不是溢美之词。我相信，在我们读惯了动辄以“里程碑”、“划时代”等标签唬人的长篇大论之后，再来翻翻这本《知堂书话》，会感到格外清新的。

知堂生前并未打出过“书话”的旗号，但知堂百余万字的书话文字却令世人如临大海，不住地叹其博大精深。他购书、藏书、抄书、订书、谈书、译书、著书，与书的关系如形与影。三十几部文集，几乎每一集都有这类文字。

关于知堂书话的价值，朱自清曾有评价，他说：周作人先生的读书记最不可及，“有其渊博的学识，就没有他那通达的见地，而胸中通达的，又缺少学识；两者难得如周先生那样兼全的”。同样爱写书话的曹聚仁则毫不掩饰对知堂文章的“敬慕之情”，称其“说来头头是道，全不费力，掩卷细想，自有深味”。

知堂文章之所以有如此境界，自然缘于有大

学问，而这大学问自然得益于读书多，但读书多亦有读成书呆子的危险。知堂却能做到：读了别人的书，经历了别人的思想历程，又能把别人的思想历程排遣掉，组成自己的系统，这就做到了“明白事理，通达人情”（曹聚仁语。说这话时知堂怕还没有“附逆”）。知堂的高明之处还在于：既有自己的学养、学识，又能以一种平平实实的方式道出，那情形，就如同与朋友闲谈。

但知堂不是圣人，有所长，亦有所短。孙犁先生就对知堂不甚有兴趣。他说：“知堂晚年，多读乡贤之书、偏僻之书，多读琐碎小书，与青年时志趣迥异。都说他读书多，应加分析。所写读书记，无感情，无冷暖，无是非，无批评。平铺直叙，有首无尾。说是没有烟火气则可，说对人有用处，则不尽然。”此说我亦有同感。

把知堂书话介绍给当代读者，钟叔河先生功不可没。他在主持岳麓书社时，敢于冲破禁区，大张旗鼓地推出知堂著述，不仅选编了两厚本《知堂书话》，接着又推出一册《知堂序跋》，作为书话的续编。北京出版社列入现代书话丛书的《周作人书话》，则为另一选本。

黄裳书话

当今健在的大藏书家，当首推南黄北姜。北姜指的是北京的姜德明；南黄，当然是上海的黄裳了。

作为藏书家，黄裳也是从收集新文学原刊初版本开始的。但后来，他的兴趣逐渐转向了线装书。跑小铺、逛冷摊，巡阅搜访二十年，汗牛充栋，蔚成大观。若问黄裳的藏书究竟有几多，恐怕连藏家本人也没个准数，只知道“文革”抄家时，一辆大卡车来去了若干次，才算抄得一干二净。

“挥泪对宫娥”，无异黄裳的一次灭顶之灾，但祸兮福所倚，反过来，不幸竟也玉成了一位书话巨擘。在空无一物的房子里，悲哀得已不感到任何悲哀的主人，摊开一卷幸免抄走的明代竹纸，就回忆所得，编写起亡书目录，命之为《前尘梦影新录》。这实际上是黄裳书话写作的开始。

噩梦已矣，失书复得，坐拥书城，摩挲旧物，黄裳一发而不可收，讲述起一则又一则书的故事。《榆下说书》《榆下杂说》《珠还记幸》《春夜随笔》《负暄录》《银鱼集》《翠墨集》《河里子集》《过去的足迹》《晚春的行旅》《山川·历史·人物》《清代版刻一隅》……一册又一册书香袭人的著述，令多少爱书人陶醉痴迷。

有学者评价黄裳："当世之人，若先生于书话体中得大自在者，盖鲜矣！"此言不虚。所以能得大自在，有着多方面的因素：其一，爱书既切，知书亦深，故无论讲版刻源流，说纸墨雕工，于古于今，均见功力；其二，因了集学者、作家、记者于一身，又久历沧桑浮沉，便能脱离骸骨之迷恋，得见时代之光影；其三，为文崇尚冲淡、朴素，既得古人小品之情致，又秉承"五四"散文之传统，力图简洁，而显得平易；苦心铸辞，却不失自然。如对友闲谈，如娓娓私语，字里行间蕴涵着一种令人无法割舍的魔力。

黄裳很欣赏明代散文家张宗子的两句话：“人无癖不可与交，以其无深情也；人无疵不可与交，以其无真气也。”黄裳之所以耐读，恐怕就因为他具备这样一种深情和真气。

周越然《版本与书籍》

周越然的名字，于今是有些生疏了。但早年，他却是一位颇有声名的藏书家。周原名之彦，年轻时曾考取秀才，被吴兴人目为神童。后居沪上，代商务编印英文课本。因了版税收入极巨，乃有了搜藏珍善书籍的力量，一时间声名鹊起。不仅宋元明版颇有斩获，还因了外文功底甚好，对外国古本亦多庋藏。

《版本与书籍》，便是周氏藏书品书的心得之一，一九四五年八月由上海知行出版社初版，三十二开，竖排，都一百四十九面。二十六篇文章，既谈版本知识，又述书林掌故，更多的是自藏书籍的题跋之语。从著录诸书来看，铭心绝品甚夥，譬如《稀见小说五十种》《稀见译本小说》两篇，所记清末民初小说数十种，多为流行书目所不载者。对于小说戏曲研究者来说，极有参考的价值。周氏不仅插架琳琅，富夸海内，更对书有着近于迷信的痴情，嗜书之深，甚而至于坚信“书能治病”。这和杜林的“每遭困厄，辄握抱此经”真是如出一辙。但周氏不同于前辈藏家的是，对于西书同样有研究，有几篇实在已是中西书物的比较了。

此前，作者另有一册《书书书》面世，时间是一九四四年，日伪占据下的上海。内容和《版本与书籍》相类，不外购书之经验、藏书之札记。但由于刊行更早，印数又不多，所以愈发难寻。据说香港书商曾有翻印，但也未能注明依据的是哪一书局的版本。

姜德明的书

我大量地搜购图书，始于念大学中文系的时候。那时适值动乱结束，遭禁十年的中外古今名著得以大量重印。甫别书荒，突然置身于书籍的海洋，心情是如何兴奋，不难想象得出，所以把可怜的一点零用钱全都扔给了书店。那时还没有特别的偏嗜，凡是经典作品，不拘体裁，均在我的购求范围。

对于书话随笔的偏爱，已是参加工作以后的事情了。一九八四年曾在北京客居半载，礼拜天的固定节目便是逛琉璃厂。就在那里偶然买得一套《西谛书话》，从此改变了我的阅读和收藏趣味。一向致力于书话随笔写作，并卓有成就的姜德明先生，当然同样地引起我的注意。先是买到了他的《书味集》，后来又在一特价书市上，意外淘到早几年刊行的《书梦录》。那是一册开本别致、装帧漂亮的小书，一见之下便深深地喜欢上它。只可惜与它的缘分只保持了几分钟，就给丢失在路上了。以后虽然又购得了姜先生的《王府井小集》《书廊小品》《绿窗集》以及姜先生编选的《北京乎》，但这本《书梦录》却再未碰上。去年春上，由于我的一本书，要请姜德明先生作序，到姜斋去过几次，曾经试图向姜先生索要一本，但他找遍书橱，已无存书，只好送我一册《书边草》。我当然感激不尽，但心里却在嘀咕：今生今世怕与《书梦录》无缘了。

没有料到的是，“山穷水复疑无路，柳暗花明又一村”的境遇，竟能在我身上降临，而这书梦得圆，竟是在地球另一端的纽约。那天到唐人街一家中文书店访书，意外地翻到一本姜著《书叶集》，欣喜之情难以言表。因为这本初版于一九八一年的书，该是作者书话作品的第一本，在国内恐早已绝版，意义当然不可低估。更令人振奋的是，隔几日再去，竟神话般地一眼瞥见那本一直让我梦萦魂绕的《书梦录》！人们在遇到大喜或大悲之事时，最初的反应，恐怕是一反常态的平静。我故意不马上动它，而是随便地翻了几种别的书之后，才一把将它抱在怀里，从容地体味这世间难得的幸福。

至此，姜先生的书，我已大半拥有。唯有一册《相思一片》，不知还要让我相思多久。

香港书话三作家

一九六二年唐弢《书话》的出版，使现代“书话”这一文体臻于成熟。据唐弢先生自述，“书话”一体虽然可以海阔天空、无所不谈，但着眼点还在书的本身，即“材料的记录多于内容的评论，掌故的追忆多于作品的介绍”。他“竭力想把每段‘书话’写成一篇独立的散文，有时是随笔，有时是札记，有时又带着一点絮语式的抒情”。

《书话》颇倾倒了一些读者。其中不少人受书话主人的影响，也试着写起这类文章。大陆不消说，即在香港，从唐弢《书话》获得教益，并取得相当成绩的，就有杜渐、林真、黄俊东三家。

与唐弢风格最接近，对书话一道也最孜孜矻

矻的，怕要数黄俊东。他曾在明报周刊开书话专栏，十数年笔耕不辍。第一部《书话集》于一九七三年由波文书局出版。书分两卷。第一卷多是早年的习作，发表在几个报纸的副刊上。第二卷八十五篇，原刊于一家周刊的一个专栏里，内容就要杂得多。值得注意的是，有关鲁迅的文章占了不少的比重。一九七九年十二月，黄俊东的第二本书话《猎书小记》由明窗出版社出版。书分四卷。第一卷三十八篇，摭拾现代文苑。第二卷二十一篇，讲的多是书林掌故。第三卷八十篇，为杂编，有《茶话》、有《花经》，亦有《京剧见闻录》《唐人故事诗》，中外古今，蔚成大观。第四卷二十篇，则专谈书画作品。黄俊东对书话与书评的不同，见解颇精当。他说："书评家学识丰富，态度严谨而客观，为读者分析内容和性质，具有引导和启发性的作用。……但书话只是一个爱书人的立场，说些与书有关的闲话……谈及的无非是书的知识、消息和作者的点滴资料，目的在提供读者知道有这么一本书。”

一九八〇年唐弢的《晦庵书话》出版后，有位香港朋友为买这本书，曾坐辆“的士”，跑遍广州所有书店。这位朋友就是林真。林真年轻时生活颇贫苦，从酒楼小厮，到戏院领班，三教九流，干过许多行当。他虽然只上过几年学，但能够在颠沛中刻苦自学、手不释卷，从而养成了爱书的习惯，具有了渊博的学识。一九八七年，中国友谊出版公司出版了《林真说书》的内地版。在这本十几万字的小书里，作者的涉猎之广，令人叹服。从《周易》，到《聊斋》；从《卡夫卡幽灵》，到《弗洛伊德的“毒癌”》，广征博引，慧眼独具，亦不乏鞭辟入里的精彩议论。稍感不足的是，“书话”的成分少了些，正如唐弢先生在该书序文中所指出：“……严肃，有深度，不是信手写来的东西。已经成为具有艺术分析力的正规的书评了。”

另一位书话作家杜渐先生，曾在报馆工作，

奉“老总”之命，写了许多读书笔记，陆续在报刊发表，结集为《当代世界文坛》和《亚非拉文学新潮》等书。一九八〇年三月，三联书店出版了他的《书海夜航》，一九八四年七月又出版了《书海夜航二集》。杜渐曾说：“我喜欢书，也喜欢看书，简直是嗜书若狂。我看书的兴趣是多方面的，什么书都有。”尽管作者有“杂家”之名，但两册《书海夜航》的内容却很单纯，几乎全是谈外国作家作品的篇什。“这不是一般的读书记，而是掌故史乘的漫谈，谈的是成书的经过，版本的优劣，插图的变易，观点的沿革，作者的遭遇……一句话，不限于书里的故事，多的是书外的见闻。”(唐弢：《书海夜航二集·序》)。我以为，一个书话作家，总要有自己的侧重和特长，譬如唐弢、姜德明之于新文学，西谛、黄裳、阿英之于古籍，叶灵凤、冯亦代之于外国作家作品，无不有所专长，而均成卓然大家。

香江书话又一家

我曾写过《香港书话三作家》，介绍了香港爱书家杜渐、黄俊东、林真的创作情况。其实，还有一位书痴让我给遗漏了，他就是《醉书闲话》的作者许定铭。许定铭上世纪六十年代初即涉足文坛，在《星岛日报》《中国学生周报》《青年乐园》《文坛》等报刊杂志发表过不少的诗和小说。七十年代初期，他创办了创作书社，专以搜罗中国新文学绝版书及推广读书风气为己任。他二十年如一日，寻书觅书，拥有了许多新文学的初版书。他更把搜书读书的心得写成清新耐读的书话作品，先后发表在《星岛日报》《星岛晚报》《明报》《快报》《新晚报》《读者良友》《开卷》

等港内报刊。一九九〇年，结集为一册《醉书闲话》，由三联书店（香港）有限公司出版，列为《读者良友文库》之一种。

许定铭局处海隅，而搜罗罕见珍本宏富，除了徒令我叹羡外，更不得不佩服其用心的孜孜矻矻。他曾经这样表白："我一见到新文学的书，除非价钱贵到无法负担，否则我决不错过。"当他"侥幸地得到一本绝版的好书时，就仿佛古董收藏家买到一件心爱的古董，喜悦之情实非外人所能领略"。这种对于书的不顾一切的痴迷，在字里行间颇有流露，像《书缘》，像《两间旧书店》，像《再也买不到的书》，那种因意外得书而欣喜、为错失好书而苦恼的诸般心态，品读之下，真是感同身受。

旧书经眼既多，自然也成了版本方面的行家。许定铭先生在书话写作中，就惯于进行版本的比较。行文翔实不说，见解亦颇为精到。由于他深受刘西渭《咀华集》文风的影响，在选择研究对象方面，乐于“人弃我取”，主张“那种在大时代里，曾经实实在在地有过贡献，下过苦功，却又籍籍无名的先行者，正待我们努力的发掘。”因之我们总能碰到些鲜为人知的陌生名字，像《夜雾》的作者刘盛亚、二十一岁便沉江而死的石怀池，在我，就都是第一次听说。另有一些较为罕见的报纸刊物，如漫铎的《创作月刊》和姚苏凤编的《小晨报》，作者也多有介绍，一读之下，眼界大开。

许定铭先生做学问信奉“求真、求确”的原则，反对信口开河。他曾逐条批驳苏雪林在介绍曹禺的三部曲时所犯的常识性错误，得出了“苏雪林根本未读过曹禺的三部曲”这一结论，在对作家作品的评价上，他也反对像苏雪林的《二三十年代作家作品》那样“戴有色眼镜”，或“以文艺作为政治武器，一味宣传攻击”。这一点我在读苏雪林著述时有同样强烈的感受，真是高山流水遇知音也。

翻版书话

旅居香港的李辉英先生，是东北作家群中出道较早的一位，擅长小说创作。他写书话，说来很有些偶然的因素。大约在上世纪六十年代末，李先生曾在中文大学联合书院讲授中国现代文学的课程。在许多学生的鼓励下，他为《星岛晚报》副刊《星晚文化》撰写一个专栏，漫谈新文学的书刊掌故和作家逸闻。这些陆陆续续发表出来的文字，后来就编成一册《三言两语》，由香港文学研究社于一九七五年出版。

由于作者本人便是新文学作家的一员，所以回忆起文坛掌故来，话题自然很多，写起来也非常顺手。可愣要写书话，手边没书，怕就不行了。

那时的香港，现代版书籍的难求，正不亚于宋椠元刻,无怪乎他无奈地发出“现代善本书”的感叹。所幸的是，香港的一些出版商看到有利可图，乃竞相做起翻印新文学绝版书的生意来，所采的方式，也大抵从封面到内文，一律保持原来的面貌。这就跟原装货有了差不多的效果，李辉英便很乐得购买。那些翻版书的品种之多，也是很令我们羡慕的，不仅单本书大量翻印，就是一些成套的全集，也出现了不少。

因了所据的多为翻版书，李辉英的书话，差不多竟成了“翻版书话”，这在书话的写作里，倒是另具一格的。翻版书之非法，这是大家都很明了的事情，但李先生从当时香港的实际情况出发，非但不指其为行为欠妥，反而视之为德政。他指出：“若干年后如果有一本题名为《香港的出版界》的专著，大约也会给翻印书大书特书一笔的。”对于翻印书的原则，他也有自己的一些见解，比如他认为“翻印一本书或某一套书时，应力求保持庐山真面目，也就是说原本什么样，印出来的也是什么样，千万不要自作聪明，另加封面封底等等”。所幸香港所印的此类书，大抵都能做到保持原貌。反观内地的一些出版机构，有时就难以让人满意了。至于台湾的翻印书和重版书，随便改换原作者的名字，则近于无聊，实在成了文化的赘疣。

翻版书既成风气，同样的一本著作，很可能会翻印成几种不同的版本。由此李辉英竟然做起翻版书的版本比较来，这是很有趣的事情。譬如，香港市面上出现的《朱自清文集》，便有两部。一家是文学研究社本，仿原书四本精装，四本之外，加了个封套，方便保存；另一家是崇文书店本，把原来的四册，分上、下装订为两册，书前加了一个总目，便于检查。由此可以看出，香港的书商对于翻版书还不是随便敷衍、马虎从事的。但也有的让人感觉不舒服，譬如知堂的《泽泻集》，在翻印出来以后，原来的封面就给换掉了。抚今追昔，李辉英不免感到“恍如缺少了一点什么似的那种说不出口的味儿”。这想法，我们是很能理解的。好在这并不影响李先生重新欣赏岂明老人那“久看不厌”的文字。至于他说知堂散文须是“上了些许年纪的人，才有可能看出他的文字的劲道”，则实在是经验之谈了。

《现代中国作家剪影》

香港作家黄俊东擅写书话，他的《书话集》和《猎书小记》，分别于一九七三年和一九七九年问世。在此之前，他还有一本《现代中国作家剪影》，于一九七二年十二月初版，实际上也是一本书话。书由香港友联出版社印行，小小的四十八开本。作者喜欢涉猎中国现代文学的东西，但苦于新文学作家资料的难寻，乃随时留意，作一点一滴的积累。这本小书，也便是他搜求数载的心血结晶。三百多页的篇幅里，收入了八十二篇文字。正文之外，尚有前记、后记各一篇。从日期看，后记的写作，却与前记隔了将近五年。据作者解释，“原定在一年前就出版的，因为找一些图片而搁延了不少时间。”由此亦可看出作者一丝不苟的态度。这六十多幅插图，也确实给本书增色不少，不仅有作家画像、照片、手迹，更有不少珍本书的书影。其价值，正不在文字内容以下。

与一般专喜描写作家私事艳闻的书不同，黄俊东的《剪影》有着较高的品味。在不足千字的篇幅里，作者并不企图概括作家一生创作和经历的全貌，而是截取其最具特色的一点，以一叶而知秋。这种厚积薄发的冰山结构，其实更需要一些功力。此间涉及的作家，差不多有上百位，可以说囊括了新文学三十年的所有重要人物。因此，将它作为一部新文学的“外史”来读，亦是未尝不可。事实上，这种言之有物的著作，比那些正统刻板的文学史，更来得有趣些，更有可能从中获得助益。

黄俊东生于一九三四年，广东潮州人，有时用笔名克亮，曾任香港《明报月刊》的助理总编辑。

《书林掌故续编》

十年浩劫，图书烧的烧、封的封，书界一片荒芜。香港虽说只是隔岸观火，但毕竟缺少了图书来源，因而一夜之间，民初以来的各种出版物也便身价倍增。一些书商见有利可图，乃竞相做起盗版翻印的生意来，一时间坊间充斥的尽是这些假古董。所幸这些翻版书商还能做到保持原书的面貌。在这些翻版书中，有一本中山图书公司出版的《书林掌故续编》，很具特色。它不是一本书的简单翻印，而是从旧书和旧报刊中搜罗多篇与书有关的文章编次而成，却不予重排，各以原样影印，因而便成了一个版式、字号五花八门的“百衲本”。

书的编者是恽茹辛，他曾为中山图书公司编过一本《书林掌故》，因见销路尚佳，就又搞了这一本续编。正编收文十二篇，其中的一些篇目，像李文藻的《琉璃厂书肆记》、叶德辉的《吴门书坊之盛衰》，也都不难见到。而续编所收的三十六篇，无论规模、范围还是难见度，都大大超过了前者。这之中乔珩瑄《乾嘉时代的旧书价格及其买卖》、谢正光《同治年间的金陵书局》、杜联喆《纽约的书肆街》、楚客《古代中韩两国的书籍交流》、向达《斯坦因敦煌获书记》等，都从某一独特的角度，提供了较为珍贵的书林史实，自有其不可忽视的参考价值。值得一提的是，书中还收辑了鲁迅先生作于一九〇一年的一篇《祭书神》，当年是否从《鲁迅全集》中读到过，已经毫无印象了。

书乡细语从容听

书生，书生，书与生连在一起，或者是在暗喻读书人的视书为生命，甘愿以一卷在手而终其一生罢。而书海无涯，是故关于书的话题便格外多。台湾作家亮轩先生的第一本书，便题作《一个读书的故事》，以后又出《书乡细语》，“无一篇书评，但篇篇谈读书”，而且谈得兴致勃勃，谈得如醉如痴，连作者本人也“着实惊讶于自己爱书之狂”了。

《书乡细语》，台北皇冠杂志社出版。三十篇文章中，谈读书、谈买书、谈借书、谈藏书、谈书房、谈书价，几乎穷尽了书乡的山山水水。又将读书人的诸般心态展现出来，既有书奴忏悔录，又有爱书者的不悔；既有读书苦处知多少的低吟，又有万事莫如读书好的慨叹，可谓酸甜苦辣咸，五味俱全。而其中诸多妙论，颇让人解颐会意。譬如买书。作者有几条原则：名人题签太多的书不买，序文跋文甚夥的书不买，预约的书不买，小说的节本不买，该分册而不分册、厚度超过宽度的书不买，称得上行家之言。而买书之能买出道行，亮轩以为“秘诀无非一个逛字”，“但不必常逛，乃在于细逛，一月细逛一次，作竟日观，比每周粗逛两三次者不差”。再如借书。作者指出：“把书借给别人，恍如把钞票借给人家周转，多多少少要担几分风险。”于是理出借书三惧：一惧不还，二惧涂抹，三惧转借。这种惧怕心理，该是所有爱书者所共有的难言之苦衷罢。所以亮轩说：“聪明的藏书主人是不会炫耀他的好书的，这与聪明的财主不炫耀他的财富是一样的道理。”但亮轩又绝非“守财奴”之流，这从他的赠书千册与学校，可窥见一斑。

大凡爱书者，莫不有自己的或多或少的藏书，亮轩亦不例外。历年积攒，竟也有数千册之多。但对藏书，他却有自己的一番见解，以为“读书人立志读书则可，立志藏书则不可。除非一开始就有买书给别人读的动机”。亮轩之为亮轩，正在于不为藏书而藏书，读书也不一味贪多，他强调的是一个“悟”字，这里便有了些许宗教的意味：“嗜读者不待你勤，不嗜读者勤也无用。”他读书，讲究的是“超度”，是“忘我”，“只要一举步，迈上书的阶梯，便可自我超度到山巅的艳阳天里”。而书房，则成为“神交古人、遨游天外的通道”，是“一本烟云霭霭的好书，只要迈入门槛，登时超生忘我，宠辱直如粪土”。这些空灵的趣味，大概也是真正爱书者的最高心灵境界罢。

台港的两家读书杂志

北京三联书店创办的《读书》月刊，已存在了好多个年头，尽管遇到过不少的风雨坎坷，但毕竟顽强地生存了下来。相比之下，台港的两家读书杂志，就没有这种幸运了。

香港的那家名叫《开卷》，创刊于一九七八年十一月。它可以分作两个阶段。第一阶段共出版七期，大三十二开，每期一百六十页。纸墨精良、图文并茂。《创刊词》讲明该刊宗旨是“提倡读书”。所设栏目，有“作家访问”“书评”“世界文讯”“文摘”等。由于这是香港的第一本读书杂志，影响还是不小的，许多知名作家都为它撰稿。但由于花费颇巨、销路不畅，主办人只好在出过七期之后，进行了两个月的休整。第二阶段开始后，刊物的面貌有了一些改变，由大三十二开改为大十六开，页码减至五十六页。但终因销数不够理想，于一九八〇年十二月宣告停刊，总共出了二十四期。《开卷》的主编是杜渐先生。他是一个非常爱书、懂书的人，有《书痴书话》等著译多种，内地曾出版过他的两本《书海夜航》，从中可以体味他对书的一片痴迷之情。正由于此，他在《开卷》停刊后，仍不死心，又担任了《读者良友》的主编。同时，他还编辑过《读者良友文库》数种，均为书话中的精品。不过听说他近年已卸去香港三联的职务，移居美国了。

台湾的一家名为《书评书目》，主编隐地先生亦是书前书后大半生的书迷。这从他以《快乐的读书人》和《我的书名就叫书》来给自己的著作命名，便能略窥一斑。该杂志创刊于一九七二年九月一日，大三十二开。初为双月刊，自第九期改为月刊。它号称台湾的第一本书评杂志。所设栏目有"论述""评介""读书随笔""专访""作家与书" "书店和出版社介绍"等，尤其注重书目的编纂。以后隐地先生又开办了一家尔雅出版社，所以他自第四十九期以后，就离开了《书评书目》，杂志在维持了一段时间后，也因经费问题，宣告停刊。

值得一提的是，两位主编差不多都是在唱"独角戏"，参加编辑的人员多是客串而已。以一己之力，推动全社会的读书风气，这种精神的确是难能可贵的。

藏书家史传一瞥

自雕板印书发明以来，私人藏书蔚成风气，其中风流儒雅，代有闻人。所以关于藏书家纪实的文献，也就特别多。见于记载的，最早当推宋代。如宋人洪迈、周密、郑樵的著作中，均有此类记述。后世藏家的书目、题跋之作，以及多如牛毛的史志稗乘中，有关藏书家活动的内容更是俯拾即是。但第一部系统的藏书家传，却直到清朝末叶方才出现，这就是一八九〇年问世的叶昌炽的《藏书纪事诗》。这部博大精深的皇皇巨著，“详述典籍之源流，阐扬藏书家之潜德”，被世人视为“不朽之作”。它所创设的“领以绝句，缀以事迹，必要时殿以按语”的传记体式，更对后世产生了深远影响，一时间，续著、补著和仿著层出不穷。较著名的，就有伦明《辛亥以来藏书纪事诗》、王謇《续补藏书纪事诗》、徐信符《广东藏书纪事诗稿》以及吴则虞《续藏书纪事诗》，时人称为“藏书纪事诗体”。其中尤以伦明所撰最为学术界称道。叶昌炽《藏书纪事诗》，有上海古籍出版社版本行世，纸面精装，封面饰以藏书楼小照，淡绿的色调格外雅致。王謇《续补藏书纪事诗》，也已由书目文献出版社出版，薄薄一册，装帧稍嫌简陋。今人秋禾曾将《续补藏书纪事诗四种》整理成集，由北京大学学海社油印刊行，至今未见正式出版。

此外，杨立诚、金步瀛《中国藏书家考略》、陈登原《古今典籍聚散考》，亦均以《藏书纪事诗》为其滥觞，唯后者分作政治卷、兵燹卷、人事卷数篇，并加进了个人分析，体例略有新意。

随着研究的深入，藏书家史传也呈向专题化发展的趋势。有的以某一地域为研究重点，如吴晗《两浙藏书家史略》和《江苏藏书家史略》便是。这两部书稿分别发表于一九三二年《清华周刊》和一九三三年《图书馆学季刊》，后合为一书，统名为《江浙藏书家史略》，一九八一年由中华书局出版。有的则属断代研究，如台湾学海出版社一九八〇年出版的潘美月《宋代藏书家考》即是。其体例仍不脱《藏书纪事诗》之窠臼，只是在正文前别附绪论一篇，分论古籍的典藏利用以及藏书家之地区分布。台湾传记文学出版社一九八三年出版的苏精《近代藏书三十家》，亦属断代研究，却不再满足于资料的简单汇集，已然是文学传记了。书目文献出版社一九八六年出版的郑伟章、李万健《中国著名藏书家传略》，体例虽与前书相仿，文笔却不可同日而语。不过作为普及性的藏书家史传读物，不妨聊备一读。

读凤心解

叶灵凤与鲁迅

叶灵凤的名字，在《鲁迅全集》中出现过不下五六次，作为一个初出茅庐的年轻作家，能受到先生的如此重视，应当说是荣幸的。不过，这五六次的曝光，无一不是作为“反面角色”而受到先生的猛烈抨击，这就无异于一场灾难了。正是由于鲁迅的一句戏言，叶灵凤便成了“唇红齿白”的洋场恶少，成了中国的流氓画家，甚至成了国民党“民族主义文学”的走卒。

平心而论，在叶、鲁交恶中，叶灵凤自有他的不是。他在一九二八年五月十五日《戈壁》第二期上发表的漫画《阴阳脸》，无疑是对鲁迅先生的大不敬；而在小说《穷愁的自传》中说什么“照着老例，起身后我便将十二枚铜元从旧货摊上买来的一册《呐喊》撕下三页到露台上去大便”。更是激怒了本来自尊心就很强的先生。他当然要还之以牙了。

鲁迅对叶灵凤的抨击，多半集中在叶灵凤的“生吞琵亚词侣，活剥蕗谷虹儿”，应当说还属于艺术技巧的探讨。其实，先生自己亦非常喜欢琵亚词侣，在这一点上是堪与叶灵凤引以为同志的。他对于叶灵凤，实在有“迁怒”的意思。大家知道，鲁迅对创造社是向来没有好感的，这之中又尤其讨厌成仿吾。创造社前期的郭沫若等人曾有过联合鲁迅恢复《创造周报》的想法，并公开刊登了启事。但后来成仿吾赴日，带回了几个东京帝大的学生，这时候联合鲁迅的计划不知何故突然烟消云散。虽然当事人之一的冯乃超日后声明的确没有反对过联合鲁迅的主张，但当时，鲁迅对这种变卦，不但会感到突然和不可理解，可能还会感到痛心。因而一九二八年便爆发了鲁迅与创造社之间的大半年的论争。叶灵凤此时已逐渐脱离创造社，他的所为不过敲敲边鼓而已，但依然惹起了鲁迅先生的愤怒。既然“创造社元老和若干新分子”“也还是中了才子加流氓的毒”，作为创造社“小伙计”的叶灵凤，自然也落得个“唇红齿白”“流氓气”的美名。

不过倘若设身处地想一想，叶灵凤当年不过一个二十几岁的青年，少不更事、年少气盛均在所难免，再加上那个时候鲁迅先生远没有被供奉到神灵的宝座，互相调侃几句，并非多么大不了的事情。只是到了当代，一些“左”得可爱的理论家才把当年的界限分得那等鲜明，才会奇怪地演绎出“凡被鲁迅骂过的人，当然不会是好东西”这种片面的结论。在当年，鲁迅和叶灵凤之间，也是既有论争，又有合作的。一同参加“左联”就不说了，即便在叶灵凤被开除出“左联”以后，鲁迅还是和郁达夫、叶灵凤一道，分别为赵家璧主编的《麦绥莱勒木刻故事集》作序。正如赵家璧先生所说：倘用今天的眼光去看这件事，肯定感到不可思议、难以理解。

说到叶灵凤的“流氓气”，我常常会想到李初梨评价郁达夫的那句话：“摩拟的颓唐派，本质的清教徒。”这一判断用在灵凤身上，也非常恰如其分。叶灵凤在青年时代虽然衣着较讲究，有时还会花不少时间修饰脸面，但也仅仅是爱美而已。他不抽烟、不喝酒，除了结过两次婚外，也没有什么风流韵事流传，他唯一的嗜好便是书。对于叶灵凤一生的恬淡、超脱，不少作家都曾有过回忆。其中冯亦代就说过：“灵凤也是才气横溢的人……但我觉得灵凤的才气是不外露的，我很少看见他有面红耳赤的时候。”

灵凤对于年轻时与鲁迅的交恶，也是一直心怀忏悔的，但他也还是采用了他自己的方式。在他的晚年，朋友们有时和他谈起这些往事时，他总是微笑，不多作解释。只是说，我已经去过鲁迅先生墓前，默默地表示过我的心意了。

叶灵凤与郁达夫

人至暮年，性喜怀旧。上世纪七十年代以后，年近古稀的叶灵凤突然花许多笔墨，大写特写起郁达夫，品评其特异的气质，颂赞其悲壮的殉国，追怀其所施予的影响，更多的则是记述早年他们之间发生的一桩由龃龉到和好的公案。

郁达夫长叶灵凤九岁，当郁达夫与郭沫若、成仿吾等发起成立创造社时，叶灵凤还是十几岁的少年。叶与郁的交往，是在创造社第二期，郁达夫主持创造社出版部期间。叶灵凤自称是“追随他左右的青年”，耳濡目染，所受的影响自然颇深。叶先生是一位藏书家，抗战前就拥有藏书上万册，这藏书的嗜好正是受了达夫的传染。而叶灵凤对于王尔德和比亚斯莱的爱好，也“全是受了郁达夫先生的影响”。创作上的师承，就更不用说了。叶灵凤在创造社出版部工作期间，曾写过一些散文发表在《洪水》上，抒写自己心中的情感，后来曾用《白叶杂记》的书名印过单行本。四十多年后，作者称之为“郁达夫式的笔调”。

叶灵凤对郁达夫是尊敬甚至是崇拜的。他说：“以达夫先生的年岁、辈分和学问来说，对我是在师友之间的。”他与达夫的不睦，有这么一段缘由，当时他们一群年轻人，觉得他们所崇拜的达夫竟爱上了一个梳横 S 髻穿平底软缎鞋的女子王映霞，认为是她影响达夫，逼他结交新贵、逼他赚钱。这种对于别人私事的干涉，当然引起郁达夫的不快，所以不仅是在口头上，就是在文字上也狠狠地骂过这几位“伙计”。但翻读郁达夫《日记九种》，郁与叶的龃龉，似乎不全是因了叶的不满王映霞。譬如郁达夫在《村居日记》中就多处记载了对出版部几个年轻人的不满，并得出结论：总之中国的现代青年，根底都太浅薄，终究是不能信任、不能用的。而这些记载却是在认识王映霞之前。但不管出于何种原因，叶灵凤终归和郁达夫不和了。这样一直过了好几年，年纪大了些，叶灵凤才后悔自己的少不更事，便写了一封信向郁达夫道歉。达夫收到信后表示："冤家宜解不宜结，就此完了一重公案，也好。"从此言归于好。

平心而论，叶灵凤对达夫的尊敬是真诚的，而且随着时间的推移，这种尊敬日渐加深，在达夫作古几十年后，灵凤仍一再表达自己对"少不更事"的追悔和对达夫的歉疚之情。在三联书店出版的他的三集《读书随笔》中，专门谈郁达夫的就有九篇。他在文中说："达夫先生对于我，义兼师友，在文艺写作上曾劝导过我，在私人生活上曾照顾过我。虽然曾经有过一个时期，对我和其他几个年轻的朋友很生气，但是一旦事过境迁，终于肯原谅了我们。现在想来，我们当时实在过于任性。少不更事，干涉到他的私事，以致激起他的气愤，实在是我们的不是。至今想来，犹觉不安，可惜已没有机会能向他道歉了。”

叶灵凤与潘汉年

在创造社出版部的“小伙计”当中，叶灵凤和潘汉年的关系怕是最好。他俩最初的合作，始于一九二五年九月，《洪水》半月刊的创刊。在出版《洪水》的同时，潘汉年和叶灵凤等人还于一九二六年四月，创办了《A11》周刊，后合编《幻洲》半月刊。还成立了“幻社”，编印“幻洲丛书”。那时他们在上海霞飞路一家双开间的皮鞋店楼上租了一层统楼面，作为他们二人的宿舍和《幻洲》的编辑部，还起了个“听车楼”的书斋雅号。他们在《幻洲》的合作，堪称珠联璧合。由于叶灵凤自称唯美派，便由他来主编上部《象牙之塔》，专发文艺作品；潘汉年擅长杂文，便负责下部《十字街头》，主要刊登社会批评。由上下两部思想内容的不同，也暗示出日后他们所走的道路方向的差异。果然，已是共产党员的潘汉年一度离开了《幻洲》，应郭沫若之邀参加国民革命军总政治部的宣传工作。

但这并不妨碍他们的继续合作。潘汉年于一九二六年八月奉中共指派返回上海，在从事文化战线斗争的同时，仍旧和叶灵凤一起编辑《幻洲》。《幻洲》被国民党以“宣传反动”罪名查禁后，他又和叶灵凤一起合编《现代小说》，并在刊物上发表了不少作品。他唯一的一本小说集《离婚》，是由叶灵凤精心设计的封面。此后，潘汉年虽然仍在叶灵凤主编的杂志上发表文章，但他的主要精力，却是代表中共中央宣传部，筹备“左联”的成立事宜。他是左翼文化总同盟的第一任党团书记。

尽管叶灵凤崇尚艺术人生，但由于和潘汉年亲密无间的友谊，思想上所受的影响和促进自然难免，他参加“左联”，也不能说和潘毫无关系。以后叶灵凤供职于现代书局，虽然外界认为他追随民族主义文学，但当时从事隐蔽战线工作的潘汉年，每次秘密来沪，必然要来找叶灵凤。“七七”事变以后，叶灵凤作为《救亡日报》的编委和出版部负责人，全力投入抗日救亡的洪流之中，也能找到潘汉年的一些影响。叶灵凤滞留香港之时，潘汉年是中共驻港代表。在那个时候，叶灵凤连续三届被选为香港文协的常务理事，是这个抗战文艺组织的中坚分子。

叶灵凤在日军占领香港时期，不得不在日本文化部所属的大同公司工作，但他身陷“曹营”，却不忘“汉室”，尽可能地做了一些对得起国家民族的事情。抗战胜利后，新中国成立前，他的老朋友潘汉年在香港做地下工作时，他也认真地做过一些“配合”工作，尽管如此，他还是被戴上了一顶“汉奸文人”的帽子。他的挚友潘汉年也是爱莫能助，因为潘自己也在一夜之间成了“反革命”，成了“大坏人”。值得欣慰的是，加在潘叶头上的不实之词都已改正，但他们都没能活到这一天，相继于一九七五年和一九七六年悄然离开了人世。

叶灵凤与戴望舒

唯美派作家叶灵凤和雨巷诗人戴望舒，不仅是同甘共苦的好友，更有着相似的人生经历。他们几乎在同一时刻，以同样的方式，走出了象牙之塔，完成了人生历程的重大转折。

叶灵凤是从创造社出版部走向文坛的。那个时候，戴望舒正和震旦大学的同学施蛰存、刘呐鸥、杜衡等人创办《璎珞》杂志和水沫书店，一个写小说、一个作诗，属于“两股道上跑的车”，他们的订交，是在施蛰存受现代书局聘请，创办《现代》月刊之后，这是一九三二年的春天。施蛰存主编《现代》，自然忘不了请好友戴望舒出山帮忙。而叶灵凤此时恰好是现代书局的编辑部主任，就这样通过《现代》这一纽带，年轻的小说家和诗人才走到了一起。一开始，戴望舒和杜衡、高明、杨邨人、穆时英他们一起住在上海北四川路尽头颇为幽静的公园坊，那是刘呐鸥的房产。后来，叶灵凤也搬了过去，得与望舒朝夕相处。一时间，刘家花园成了“现代派”作家的聚居地。但这段神仙般的日子只持续了几个月，戴望舒便于这年的十一月八日，乘坐“达特安”号邮船离开上海，自费赴法留学。在他旅法的两年多里，也不忘和叶灵凤鸿雁传书。在孔另境所编《现代作家书简》一书中，就保留着戴望舒致叶灵凤的一封信，信中他除了为灵凤在《现代》发表新作《紫丁香》和《第七号女性》而向他祝贺外，还说：“我记得巴黎Grosby书店有Heimingway的作品出版，明后天进城去时当去买来送你。”望舒和灵凤都非常爱书，那个时期灵凤正迷恋于海明威的小说，望舒的信，充分体现出他对朋友的一股拳拳之情。

尽管这时他们已然是“熟朋友”，但真正结

成生死之交，还是抗战以后的事情。上海沦陷，大批的文化人南来香港，叶灵凤和戴望舒也于一九三八年五月同船抵达这里，并且都住在文化人聚居的学士台。从此，他们俩的名字便经常在一起出现。他们一起编辑《星岛日报》的副刊《星座》，一起筹办《耕耘》月刊，一起连续三届当选为香港“文协”的常务理事，为抗日救亡呐喊奔走。在民族危亡的严酷时刻，两位“象牙之塔”中的现代派作家，共同完成了艺术和人生道路上的重大转折，全身心地投入到抗日斗争的洪流之中。

在那些战斗的日日夜夜里，他们相互鼓励、相互关怀，友情一日深似一日，当灵凤和朋友因工作发生口角，望舒为他们劝解；当灵凤被报馆新任总编辑挟私解聘，望舒也积极地为他斡旋。然而，望舒自己也因婚姻的不幸和病魔的缠身，而处在极度痛苦之中，这时候最理解他难言之隐的，莫过于灵凤了。他曾几次把自己的客厅让出来，给贫病交加的望舒住，也曾经走十几里的路，陪望舒去浅水湾的萧红墓，献上一束鲜花。

正当他们为促进抗敌文艺、进步文化事业而满腔热情地奋斗之际，太平洋战争遽然爆发，日军于一九四一年十二月二十五日占领了香港，虽然中共曾有组织有计划地帮助文化界新闻界知名人士撤离香港，但叶灵凤属于日军一开始就勒令不准离港的少数著名文人之一，没能逃出。望舒也没走，有人说是他舍不得他宝贵的藏书，有人说他自有他的难处，无论为了什么原因，总之叶、戴两人不得不开始了那漫长的三年零八个月的苦难和屈辱的岁月。

沦陷初期，他们自然都逃脱不了坐牢的厄运。先是灵凤，后是望舒。在望舒入狱以后，又是他的好友灵凤，托人设法把他保释出来。在此后的岁月里，他们为了生存，不得不靠编报卖文为生，也因此而蒙上了“汉奸文人”的嫌疑。但他们毕竟没有卖身求荣，相反却以苏武吞旃自况，尽可能地做些对得起国家民族的事情。在望舒，就写出了“大东亚，啊呀呀，空口说白话，句句假”这样传诵一时的歌谣。在灵凤，也发表过《南荒泣天录》这样寄故国之思、扬民族大义的作品，在日军的刺刀下有此作为，正如柳苏所言：“尽管是含蓄地借古喻今，也是不容易的事，需要一点勇气的吧。”

好容易盼得胜利的日子来临，戴望舒以多病之躯，不顾一切地赶赴北京，他说：“就是死也要死得光荣一些。”只可惜这种新生活刚刚开始，他便于一九五〇年二月二十八日过早地离开了人世。他死后，叶灵凤分别写下了《忆望舒》《望舒和灾难的岁月》等悼文，纪念自己的亡友。

叶灵凤与穆时英

从表面看，叶灵凤和穆时英是有着许多相似之处的。

首先，他们都是少年成名。穆时英十八岁不到，便以《咱们的世界》《黑旋风》等作品受到普遍重视；叶灵凤加入创造社出版部，并以比亚兹莱风格的插画和灵肉冲突小说引起文坛注意，亦不过二十岁左右。穆时英自幼生活在上海，是一个漂亮的洋场少年；叶灵凤亦有“唇红齿白”的美名。穆时英早期创作，据说“完全以流氓无产阶级意识出发”；叶灵凤更被人指为中国的“流氓画家”……凡此种种，都是促使他们走到一起的因素。

直接的契机，怕还是《现代》杂志的创刊。

本来，穆时英和刘呐鸥、施蛰存、戴望舒等人很早就结成了一群，这个圈子里是不见叶灵凤的。以后，现代书局聘请施蛰存主编《现代》，这个刊物也便成了穆时英为代表的“新感觉派”的重要阵地。恰好叶灵凤也在现代书局任编辑，很自然地加入了他们的行列，并且也写起这一类现代派的小说。

有人说，叶灵凤的创作，是在模仿穆时英，但穆时英本人却在《公墓·自序》中提到：叶灵凤“时常和我讨论到方法问题，给了我许多暗示”。在《南北极·改订版题记》中，穆时英也向“鼓励我、帮助我”的叶灵凤表示感谢。总之，不管谁影响谁，这时期他们过从甚密，却是事实。孔另境编选的《现代作家书简》中收录的他们的往来书信，就透露了他们这时期亲密的关系。穆时英在信中说：

这几天，我们这里很热闹，有杜衡，有老刘，有高明，有杨邨人，有老戴；白天可以袒裼裸裎坐在小书房里写小说，黄昏时可以到老刘花园里去捉迷藏，到江湾路上去骑脚踏车，晚上可以坐到阶前吹风，望月亮，话上下古今。希望你也搬来。

叶灵凤自然很想搬过去，但因了“书太多”而未能实行。不过从几十年后黑婴的回忆来看，叶灵凤终于和这些“现代派”作家住在了一起。那个时候，叶穆两人曾合编一本《文艺画报》，以后创刊的《六艺》月刊，编者的名字中，亦少不了他们两个。这种合作关系，一直保持到抗战前夕。一九三六年穆时英去香港，也是由叶灵凤介绍他去找侣伦，以求得帮助。

不过，倘若只看到这些共同之处，就很难理解他们何以有截然不同的结局。

还是从黑婴的回忆说起。这位早年曾受过穆

时英某些影响的作家，在和他景仰的人物实际接触几次之后便发现，这位“中国新感觉派圣手”的创作，已经在走下坡路了，因为他一味追求都市生活享受，除夜总会的醇酒美人之外，还开始了回力球的赌博。而叶灵凤，虽然“曾被人看作洋场阔少，其实不然。他虽然穿着讲究些，头发梳得乌光，可是不吸烟、不喝酒，生活作风很严谨。他是个藏书家，书房里尽是书”。

另一位作家冯亦代，也有类似的感受。他于一九三八年到香港，那时叶灵凤和穆时英先已到达，都住在文化人聚居的学士台。他当时见到的情况是，叶灵凤“十分用功，每次我去看他时，他都是在伏案读书或写文章，他是个很勤奋的人”，而穆时英“倒是拿麻将牌和扑克牌的时候居多”。

这种本质上的差异，终于使得穆时英由生活上的堕落，导致了政治上的堕落。先是充当起国民党的图书检查官，后来更鬼使神差地悄悄离港返沪，投身到汪伪政权旗下做事，终招杀身之祸。叶灵凤却在国难当头的关键时刻经受住了考验，完成了人生历程上一个革命性的转折。

叶灵凤的编辑生涯

作为作家的叶灵凤，一生的正业，其实一直是编辑。但由于文名太盛，对于他在编辑方面所取得的成绩，就缺乏很好的总结。就国内所出版的几种编辑家列传来看，都不见记载叶氏，不能不说是件憾事。

叶灵凤于上世纪二十年代中期加入创造社出版部，他最初参加编辑的刊物，是创刊于一九二五年的《洪水》半月刊。该刊的主编是周全平，叶灵凤主要负责美编，他的插画和题花，很吸引了一些读者，对于扩大刊物的影响，不能说没有作用。在这同时，他还编辑过一种《A11》的小刊物，只出五期，就被迫停刊。退出创造社出版部后，他和潘汉年一起主编《幻洲》半月刊，这其实是他正式编辑生涯的开始。这本四十开的袖珍刊物，创办于一九二六年，叶灵凤负责上编《象牙之塔》，下编《十字街头》由潘汉年主编。刊物只出了十几期，潘汉年就去搞革命了，叶灵凤则被张静庐聘请到现代书局，担任编辑部主任。在那里，他又主编了一种《现代小说》，出至三卷六期，潘汉年也一度回来和他同编。在这之前，他还编辑过《戈壁》和《现代文艺》，前者是《幻洲》的劫后余波，后者则是进入现代书局之后的事情。少为人知的是，他还和潘汉年、周全平编过一种长三寸、宽二寸的特小刊物《小物件》，仅出一期即遭查封。

现代书局树倒猢狲散之后，张静庐又创办了上海杂志公司，叶灵凤曾为他编过一种《文艺画报》，创刊于一九三四年，但由于一再脱期，在出过五期之后，便停刊了，曾招来鲁迅先生的批评。抗战之前叶灵凤编辑的最后一种刊物是《六艺》，创刊于一九三六年，由良友图书公司发行，编辑同人还有高明、姚苏凤、穆时英、刘呐鸥等人，只出了七期，就因抗战爆发不了了之。

“七七事变”以后，叶灵凤投身于抗战宣传，是《救亡日报》的常务理事之一。上海沦陷后，他又到广州，参与了《救亡日报》广州版的创办，曾担任出版部负责人。但不久广州也遭沦陷，他乃于一九三八年八月定居香港，在那里一住就是将近四十个寒暑。

在沦陷前的香港，他连续三届被选为香港文协的常务理事，是这个抗日组织的中坚之一。他先后接编了原由茅盾和戴望舒负责的《立报·言林》和《星岛日报·星座》，编发了大量宣传抗战的文字。他还是《耕耘》杂志的发起人之一。

香港沦陷后，他由于种种原因，未能和大批文化人一道撤离，在日军的铁蹄下，为了生存，不得不参加了《新东亚》、《大同》等杂志的编辑，他以苏武自况，以隐晦的笔法，写了不少寄故国之思、扬民族大义的作品。战后，重新编辑《星岛日报》的《星座》，直到晚年退休。而在他离开《星座》后，这个存续了几十年的著名副刊也便不复存在了。

叶灵凤与《洪水》

叶灵凤是由《洪水》杂志正式走上文坛的，所以探讨一下他跟《洪水》的关系，并不是毫无意义的事情。

《洪水》是创造社出版部主办的综合性刊物，创刊于一九二四年八月，周刊，但仅出了一期。一九二五年九月重办，改出半月刊，编者主要是周全平。从第一卷第一期开始，《洪水》就采用叶灵凤的封面设计，并发表了不少他画的插图，他实际上是《洪水》的美术编辑。周全平在《新文学史料》一九八一年第一期发表的《忆创造社出版部成立及〈洪水〉半月刊创刊》一文中就说过："我和叶灵凤住在上海阜民路我家租住的一层楼房的亭子间里，计划着出刊《洪水》和成立出版部。《洪水》的封面就是叶灵凤画的。”所以，叶灵凤从一开始，就参与了《洪水》的编辑，并且首先是以画家的身份在刊物上崭露头角的。

对于灵凤绘画才能的发现，应当归功于郭沫若。有一次，周全平到环龙路郭沫若的家里，闲谈中，沫若忽从他的黑文书夹中捡出几张小纸片，说是一个青年画的画，那些小小的画都很新鲜、很多趣，使周全平立刻感到爱不释手，后来才知道这位聪明的画画青年便是他已经认识的叶灵凤，因而灵凤便成了《洪水》的新同人，他的画更成为《洪水》的新作品。从实际反映看，叶灵凤的这些模仿比亚兹莱画风的插图还是颇产生了一定影响的。《洪水》半月刊在创刊以后订户大增，便跟它那“奇怪的封面”不无关系。当时有一位徐祖正从北京赶来访问创造社出版部，也特意询问“有一位常在创造上作画的是哪一位？”在徐祖正的心目中，是把叶灵凤当作画家而不是作家的，他说：“我看叶君又自有别致的一个画家样的少年——说青年还不及说少年可以传神那个画家的羞涩。”他并且传神地描写了少年叶灵凤这个“精雅的画家”的样貌：“身穿粗黄夏布短衫裤，戴玳瑁金脚眼镜及一只黑纱压发帽”——这可是非常难得的历史记录。

说叶灵凤是由《洪水》走向文坛，还因为他的处女作短篇小说《姊嫁之夜》，便是发表在《洪水》的一卷三期上。他的第一组小品随笔《白叶杂记》，也是陆续在《洪水》上刊出的。从第四期到第二十二期，几乎每期都有，总共发表了十七篇。很明显，他的兴趣已经由画画移到了写作，因为随着文章的不断发表，他画的插图是越来越少了。

一九二六年八月七日的下午，创造社出版部突遭上海沪淞警察厅的搜查，叶灵凤和周毓英、成绍宗、柯仲平等小伙计一度入狱。不知与此事有无关系，《洪水》在出到二卷二十四期之后，便换下了周全平和叶灵凤，改由在广州的成仿吾编辑。一九二六年十二月一日曾出版一册厚达二百四十页的《洪水周年增刊》，算作周全平和叶灵凤对这个刊物的告别。叶灵凤倾全力进行了装帧设计，不独设计风格与此前此后的《洪水》截然不同，就是那些小巧精美的插画，数量上也大大超过了历年刊物的总和。更为珍贵的是，在该期的扉页上印有全平、灵凤、为法三位编辑的肖像，使《洪水》的忠实读者得睹他们的真容。周全平在饱含感情的告别语中，特别强调："帮了不少忙的当然要数着灵凤。"

自这期以后，叶灵凤的名字再也没有在《洪水》上出现过，他大概把全部的精力和热情，都倾注于他和潘汉年合编的新刊物《幻洲》了。

叶灵凤在香港

叶灵凤是在上海走入文坛，并且成名的。但他一九三八年就随抗日的洪流到了香港，在那里一住就是三十几番寒暑，直到一九七五年病逝。所以，称其为香港作家，似乎更合乎事实。

其实早在一九二九年，叶灵凤就有香港之游。那年他携同妻子郭林凤，在香港逗留达一月之久。香江的渔船灯火、海堤潮声，无疑给他们留下了深刻的印象。所以郭林凤回上海之后，在给香港友人的信中就说："怎能有第二次呢？"不幸的是，她与灵凤的夫妇关系后来起了变化，最后竟致感情破裂，不久她就被病魔夺去了青春生命。所以叶灵凤尽管得以二度来港，但已然不是"双凤齐飞”了。

灵凤在香港，过的依然是煮字烹文的生活。他先后编辑过的刊物，有《立报》的《言林》和《星岛日报》的《星座》，还担任过《星岛周报》的编委。在写作方面，基本上已与小说无缘，除了翻译过《阿伯拉与哀绿绮思的情书》和《故事的花束》外，投入精力最多的，便是香港掌故和读书随笔。从上世纪四十年代初，叶灵凤就有志于香港史地的研究，几十年间，孜孜不辍，发表了上百万字的著述。但生前出版的，只有《张保仔的传说和真相》《香江旧事》和《香港方物志》，大量的散篇未能结集。在他逝世后，丝韦将其编为《香港的失落》《香岛沧桑录》和《香海浮沉录》三书，由中华书局(香港)有限公司于一九八九年出版。这些文字可以说是“香港学”研究的先声，有着不容忽视的史料价值，同时又是颇具文采的随笔散文。

对于读书随笔，还在上海的时候，灵凤就已

发生了兴趣，定居香港以后，由于生活的安定，能够大量阅读写作，先后出版了《文艺随笔》《晚晴杂记》和《北窗读书录》。这些谈书的文字，一洗早期作品的才子腔，变得朴实无华、舒徐不疾，颇有几分书卷气。他去世后，还是由丝韦先生代他整理成《读书随笔》三卷，由内地三联书店推出，很受读者欢迎。关于叶氏这方面的成就，唐弢先生曾有一番论述。他在为《林真说书》所作序中说："许多人写了书话。就旅港的老一辈作家而论，已故的叶灵凤先生是此中的能手。记得三十年代中期，他的《读书随笔》出版，我觉得比早期的《灵凤小品》好，有意思。他写了许多关于外国图书的掌故，后来在香港印行的《文艺随笔》里，还保持着这特色，并且有所发展。有趣的是：香港的几位书话作者包括林真先生在内，这个特色也依稀存在，那么，这是不是受了叶灵凤先生的影响呢？"

这一层师承关系，当事者似乎不曾提及，我

们也不好妄加揣度。但叶灵凤通过《新雨集》《新绿集》和《五十人集》等书的编辑出版，从而在一定程度上推动和改变了香港文坛的风气，却是记录在案的事情，其功绩自然不应忽视。

此外，在萧红墓的发掘和北迁一事中，叶灵凤亦鞍前马后，不辞辛劳，发挥了举足轻重的作用，这是他香港文学活动中不应遗漏的一笔。关于此事，先生生前好友侣伦先生，在《向水屋笔语》里有详细记述，叶氏自己亦写过一篇《萧红墓发掘始末记》，收在黑龙江人民出版社出版的《怀念萧红》一书中。

叶灵凤与香港掌故

叶灵凤后半生的成就，除了三集《读书随笔》，怕就是那多达百万言的香港掌故了。在香港即将回归祖国怀抱的今天，我们不应当忘记这位为香港学的建立付出过半生心血的先行者。

这位名噪一时的上海作家，是一九三八年南下香港的。而远在一九二九年，他就有过一次香港之游。也许在那时，他就对这个地方发生了兴趣，所以第二次来港定居不久，就开始把香港史地当作一门学问来钻研。得丰富藏书之便，他拥有许多一般人不易见的关于早期香港的资料，更由于做了大量细致的考证工作，所以他陆续发表在报刊的此类文章，既巨细不遗，又言之有据，立刻获得普遍关注，但他生前只出版过一本《张保仔的传说和真相》，大量的散篇未及结集。这之中，就有用叶林丰的笔名发表的《香港史话》《新界史话》《香海拾零》《香海丛谈》《香海旧闻》，用秋郎的笔名发表的《香海异乘》，用香客的笔名发表的《香海浮沉录》，用龙隐的笔名发表的《香江温故录》，用南村的笔名发表的《太平广记》《太平山方物志》。后来全赖丝韦(罗孚)先生代为整理，才编成《香港的失落》《香海浮沉录》和《香岛沧桑录》三书，由中华书局(香港)有限公司出版。

《香岛沧桑录》，写的是香港的社会现象和山海史实。五十三篇文字，说风俗，记人情，考制度，几乎穷尽了香江的山山水水；《香海浮沉录》，专写早期香港的政法风云。军警冲突、黑白相交、罢工罢市、种族纷争……一一呈现笔底；《香港的失落》，谈的则是当年闭关自守敌不过坚船利炮，港岛、九龙、新界相继被占的过程。

作者披露了大量鲜为人知的内幕，通过对诸多历史事件的细致入微的描述，揭露了英国殖民者对香岛觊觎已久的野心，和存心侵略、何患无辞的强盗行径。

丝韦先生曾说：“开始的时候，他是以上海人谈香港掌故，到了后来，就是香港人谈香港掌故。”但是，细读三书，我们感得的，只是一颗中国人的心。那一篇篇舒徐不疾，寓考证于趣味的文字，都能体现出他对祖国美丽河山的热爱，对侵略者蛮横不法的愤慨，和对清政府昏庸懦弱的怨恨。在《九龙城寨的主权问题》一文中，他庄严指出：“九龙城的主权问题，是一个根本不存在的问题。至于何时恢复在城内设治……那就主权在我，而不在港府了。”其慷慨激昂、义正词严，相信每一个中国人读了，都会感奋不已。遗憾的是，先生竟不能亲眼看见我对香港恢复行使主权的那一天了。

叶灵凤最初的小说

叶灵凤的第一本小说集《女娲氏之遗孽》，于一九二七年五月出版。次年，又推出了一本《鸠绿媚》。这两册六十多年前的旧物，我一直梦寐以求，不想有一天同时见到了。

两本书都列为“幻洲丛书”，由光华书局发行，开本相同，都是小巧的三十六开，版式也约略相似。设计者当然是叶灵凤本人。不仅封面别具姿色，就是环衬、书名页，乃至正文的编排，也都美化得相当好看。这风格，自然又是受了比亚兹莱的影响。说起叶灵凤，他的书籍装帧艺术，实在不低于他创作的成就。他的设计不仅开风气之先，实在也很少有出版物能比他制作得更漂亮。

他为《洪水》半月刊作的插图，亦和比亚兹莱当年在《黄面志》担任美术编辑的情形大致相仿，一旦离开，那刊物也便没有了灵魂。

《女娲氏之遗孽》收小说五篇，分别是：《昙花庵的春风》《内疚》《拿撒勒人》《姊嫁之夜》、《女娲氏之遗孽》，初版印三千册。《鸠绿媚》收小说六篇，分别是：《肺病初期患者》《浴》《明天》《鸠绿媚》《爱的讲座》《罪状》，初版印两千册。在书的末尾，还印有“幻洲丛书”其他几种的预告。这之中潘汉年的小说集《离婚》，我藏有一册，乃上海书店依原样影印，仍由叶灵凤装帧设计，有趣的是，写《离婚》的潘汉年真的和妻子离了婚，而他的好友叶灵凤，嗣后也上演了同样的一幕。

叶灵凤《香港方物志》

描写鸟兽虫鱼的奥妙及其美丽的文字，向来为热爱自然的人们所喜欢。这方面的经典之作，是淮德的《塞尔彭自然史》。它自问世以来，据说已经有了一百五十多种版本。在香港生活了将近四十年的叶灵凤，亦著有一本《香港方物志》，这之中，就颇有淮德的影响。

这些用散文随笔的形式所写的风物小品，大多作于一九五三年，当年在《大公报》副刊发表时，就深受读者的欢迎。香港中华书局在一九五八年为它出了单行本，但叶灵凤对这一版本并不满意，因为直到此书排印出版以后，他才从报上的广告中得知，所以既未曾亲自校阅，本来应该附有若干插图的，也未及附入。十多年后，改由香港上海书局出版时，叶灵凤专为新版写了序，并增加了一些新的资料。这是一九七〇年的事。我所收藏的，则又是一九七三年的再版了。叶灵凤为了撰写此书，涉猎了许多有关的书籍，从方志、笔记、游记，到外人所写的有关香港草木虫鱼的著作，内容非常丰富。同时，他又不一味抄冷僻的古书，也不把它写成纯粹的科学小品，而是作为一篇篇的文艺随笔来经营，实在成了美不胜收的散文。

正是因了大家的喜欢，香港南粤出版公司也于一九八九年推出一种版本，书名改作《花木虫鱼丛谈》，装帧上的确很漂亮，但原本朴实无华的篇名，却一律改成了长长的联语式，徒增了几分商业气。北京三联书店亦出过同样的一本，大概是此书的翻版。但我觉得，还是《新蝉第一声》、《夜雨剪春韭》这类题目，更含蓄雅致一些。

叶灵凤《文艺随笔》

一九六〇年前后的几年，正是叶灵凤醉心写作读书随笔的时期。当时香港出版的《新雨集》《新绿集》《红豆集》等多人作品合集，都收有他的这类文字。至于他个人的专集，则有一九六三年出版的《文艺随笔》。

书由香港南苑书屋印行，为南苑文丛的一种。封面淡雅秀丽，版式和纸墨亦都不错。三十五篇短文，谈的都是外国文学的书、人、事，依内容的不同，分为《几本古典名著》《作家与作品》《读书偶记》《几本书的故事》等四辑。灵凤涉猎外国文学的范围极广，这之中，似乎更偏爱中世纪和文艺复兴时期的故事书，像《天方夜谭》

《十日谈》《坎特伯雷故事集》等。他自己的行文风格，亦颇受这类作品的影响。虽然只是谈书，却绝不流于沉闷，直如讲故事一般，一波三折，娓娓动听。在本书的后记中，灵凤说："我一向认为要写这一类的随笔……是应该将这本书的作者，他的生平和一点有趣的小故事，融合着这本书本身来一起谈谈的。"这种做法，亦对晚近的一些作家产生了某种影响，如冯亦代、杜渐等，就都有这种倾向。

《文艺随笔》曾于一九七九年十月再版一次，封面和内文版式一仍其旧，只是抽去了卷首的一篇《〈南苑文丛〉缘起》和卷末空白页上一则'南苑文丛'预告。我收藏的，即是后一种版本。虽非初版，但能在多年之后意外淘得，也委实算得上一桩幸事了。

叶灵凤书话

以小说家成名的叶灵凤，最终却以三卷《读书随笔》奠定了自己在文坛的地位。这三卷书是在作者去世十三年后的一九八八年由北京三联书店出版，编者是灵凤的生前友好丝韦先生。

其实，以写书话的时间之早、跨度之长、数量之巨、品味之高，比之于阿英、唐弢，叶灵凤是有过之而无不及的。还是在上世纪二十年代初就读于上海美专时，叶灵凤就浸染上买书藏书的嗜好，日积月累，竟攒有万册之多，成为沪上文艺界有名的藏书家。也正由于这种爱书的趣味，叶灵凤于上世纪三十年代便开始了书话的写作。他的第一本书话集《读书随笔》于一九三六年在上海出版，内容主要是关于外国文学名著的介绍和爱书、访书、藏书的种种闲话，当年连载于上海《辛报》和叶灵凤自己创办的《文艺画报》时，很受读书界的欢迎。

叶灵凤抗战之初离开上海，后半生一直在香港度过。他的大部分书话作品便完成于此时。这期间出版的作品有：《文艺随笔》《北窗读书录》《晚晴杂记》。《文艺随笔》，一九六三年十月由香港南苑书屋出版。书分四辑，凡三十五篇，与《读书随笔》相类，都是关于外国文学名著的札记。在此书的后记中，作者谈到了他对于书话写作的主张："我一向认为要写这一类的随笔，将自己读过了觉得很喜欢的书介绍出来，是应该将这本书的作者，他的生平和一点有趣的小故事，融合着这本书本身来一起谈的。"

此外，叶灵凤还于一九四〇年十一月由香港西南图书印刷公司出版了一本薄薄的散文集《忘忧草》，其中《忘忧草》追忆了在广州沦陷中遗失的七种稀见的“谈论书物版本聚散变迁的关于书的书”，其实是一篇非常精彩的书话，丝韦后来把它编进了一九九五年由香港三联书店出版的香港文丛《叶灵凤卷》当中。

叶灵凤的笔名

叶灵凤一生著作等身，所用笔名亦甚多。曾健戎、刘耀华发表在《抗战文艺研究》一九八四年第三期的《现代文坛笔名录(续六)》称：叶灵凤笔名有“叶韫璞”，此说不确。事实上，叶韫璞正是叶灵凤的本名，以后以笔名行世，原来的名字反而废弃不用了。至于为什么取名“灵凤”，则恐怕与他的第一位夫人郭林凤有关。以后他还用过凤、林凤、临风、风、叶林丰、林丰、丰等笔名，全都是脱胎于此。叶氏早年的一辑小品，更叫作《双凤楼随笔》。

有趣的是，香港还有一位作家曾用过“李林风”的笔名，他便是已故著名小说家侣伦。早年他由于投稿与叶灵凤建立联系，一九二九年，叶灵凤与夫人郭林凤伉俪来港，便是由侣伦提供的住处。在宋皇台附近衙前道的临时寓所，他们一起度过了一个月的难忘时光。伴着潮水拍岸的有节奏的声响，他们常常一起聚拢在小厅里读书，有时则相偕到月下海堤散步。也许是出于对叶灵凤的敬爱，也许是意在纪念这一段令人难忘的友谊，侣伦索性弃李霖的原名而不用，改用了李林风这个名字。《伴侣》杂志的主编张稚庐，曾送给侣伦这样一首诗："半岛争看一俊才，宋皇台下写沉哀；不知十里衙前道，几见翩翩灵凤来。"说的就是这件事情。

除了"灵凤"，叶氏早年用过的笔名，还有亚灵、佐木华、秦静闻、昙华、雨品巫等。亚灵，当然亦脱胎于灵凤；雨品巫，则是由繁体"靈"字拆开；昙华，恐怕是取自他自己的小说《昙花庵的春风》。早期为创造社的书刊绘制封面和插图时，叶氏喜欢署上"LF"两个拉丁字母，这是灵凤两字的英文缩写。这个看起来颇像“正”字的署名，曾给不少喜欢灵凤插图的读者留下了极为深刻的印象。

灵凤晚年喜作读书随笔，他的连载数年的著名专栏《霜红室随笔》，则署名霜崖。在收进多人合集《红豆集》时，仍保留了这一名字。他还在各种书报杂志发表了大量的香港掌故，署名时常变换，常用的，则有叶林丰、秋郎、香客、龙隐、南村、沛堂等。至于《书淫艳异录》《欢喜佛庵随笔》这类与“性文学”有关的文字，则一律署以“白门秋生”，除了表示作者乃南京人氏外，又似乎有一层自我调侃的意思。

思乡的花束

作为江苏南京人，叶灵凤先生在杏花春雨的江南度过了他的前半生。一九三八年南下香港，从此辞别了家乡明月。晚年的灵凤，天涯羁旅，倦鸟难还，乃时作故国之思，写下了大量隽永动人的思乡文字。这些优美的散文，有的收进《晚晴杂记》《北窗读书录》等专著，有的见于《新绿集》《红豆集》等多人作品合集，也有不少生前未及单独出版。在他逝世十多年后，他家乡的江苏古籍出版社出版了一本《能不忆江南》，收入的全是灵凤晚年回忆故乡南京风俗民情的文章。

《能不忆江南》的编选者是大陆知名作家姜

德明先生。虽则姜先生与叶灵凤并无一面之缘，但因了他们同样以爱书家闻名于世，又都写得一手漂亮的散文随笔，更重要的是，姜先生对于灵凤的生平创作极为熟稔，内心里神交已久，因之，便不能不承认，由姜先生承担这一工作，真是再合适不过。

这本小书，连附录在内，也只六十篇。封面以一幅淡绿色的江南水巷图作背景，先就给人一种“销魂”的感觉。凭窗细读，那一字一句，更教人倍觉气爽神清。这里既有对江南史迹名胜的介绍，又有对故园乡风民俗的追怀，亦不乏对新社会新生活的讴歌。行文的潇洒清丽不说，因了作者对典章旧籍的熟悉，更不时地引述一些史志稗乘，使得方寸之间，蕴涵格外的丰厚。倘若说，《江南柳》《金山忆旧》《鼋头渚的秋光》诸章，仿佛使你亲睹莺飞草长的江南美景，那么，专写家乡吃食的那几篇，则又如“过屠门而大嚼”，令人甘之如饴。事实上，这也正是书中最值玩味的文字。像《薄言采芹》《江南的野菜》《吃蟹的余兴》，不仅比知堂、雅舍谈吃的名篇一些儿都不觉得逊色，就是和晚明大家的小品放在一起，也是差堪媲美。“从一颗朱红色的樱桃看家乡，我看出了无限亲切的乡情。”叶灵凤的高明之处，正在于透过对家乡小吃的追怀，寄托了浓得化不开的思乡情愫。沉吟其中，即便你不曾生长在江南，也会禁不住和作者一样，变得如醉如痴。

这册小书的购得，亦极富偶然性。本来，叶氏著述我是每遇必买。来纽约后，更将书肆所陈悉数搜罗。但对于《能不忆江南》，却一直熟视无睹。一来在叶先生生前所出诸书中，不曾听说有这样一种；二来那书脊上也未曾印上作者姓名，所以就没能引起足够的注意。那天在书店闲翻一册现代散文鉴赏，照例先找叶灵凤，就见在叶先生名下，收入两篇散文，其中之一，便叫作《能不忆江南》。这当儿不经意地一抬头，恰好发现了那册同名小书，心想莫非跟灵凤有些什么联系？抽出来一看，果然不错。兴奋之余，亦不得不感叹这番天成之美。

藏书家的洒脱

现代作家叶灵凤，很早就有志于藏书，在他二十几岁时，已经是四壁皆书了。他是个真正的爱书家，对于书，几乎到了痴迷的程度。但他对于自己的藏书，却并不像一般藏家那样，秘而不宣，相反，当朋友提出借读时，他总是慨然应允。上世纪三十年代孔另境所编的《现代作家书简》一书，收有叶氏与几个友人的往来书信，其中有好几通，都是跟他借书。譬如田汉曾致信灵凤，说："《资本论》兄目前如不用，望悉以相借。因我想趁此余暇，切实读一读，兄能'玉成'我否？"穆时英也于一九三五年六月七日致信，向灵凤索借朱士的《优力栖斯》。灵凤次日便复信，答应将书带到上海杂志公司，让穆自己来拿。

最难得的是叶灵凤慨然将自己珍藏的一套麦绥莱勒的木刻集，借给赵家璧制版。那是一九三三年的夏天，上海的一家德国书店新到一批麦绥莱勒的木刻连环画。赵家璧听说后，很想在他供职的良友图书公司出版一套麦氏丛书，并得到了鲁迅先生的大力支持。当他赶到书店去买时，早已被懂行的人捷足先得，这个人就是叶灵凤。赵家璧便向灵凤求借，灵凤满口答应。就是用这几种书，赵家璧编成一套“麦绥莱勒木刻连环故事集”，分别请鲁迅、郁达夫、叶灵凤作序，出版后产生了不小的影响。不幸的是，原书却因为拆开制版，弄污了许多，无法完璧归赵了。灵凤自己长期从事编辑出版工作，按说对这个后果应该能预料得到，但他还是毫不吝惜地出借，其精神是颇为感人的。尽管以后赵家璧曾表示愿意出钱给叶灵凤重新订购，但是否能如愿购得，就连叶灵凤本人都记不清楚了。

蠹鱼漫记

买书记痛

早就听说国外书价高得惊人，所以准备出国那阵儿，一再宣称：到那儿绝不买书。

一晃儿来纽约已月余，这誓言总算没有落空。书店倒常逛，但除了两本必须买的课本外，很少动过买书的念头。因为心里总在进行价格的换算：二十美元一本？要合人民币一百五十元了，不买不买。那天路过一个旧书摊儿，发现一本巴黎印行的袖珍本梵高画集，一时动了心，便跟摊主还价，三元的索价你若降为二元，在下就认了。但那老头儿倍儿倔，分厘不肯让步，只好拜拜了您呐！

谁承想这信念并非牢不可破，之所以坚持月

余而未开杀戒，是因了骨子里不喜欢洋书。一旦堕入汉文书籍的海洋，这堤坝顷刻间便一溃千里。

那晚在床板上烙了一夜的饼，次日起来便揣上花旗卡，一脸悲壮地去世界书局访书。沿百老汇大道走了九十九条街，终于在坚尼路南边一点找着了它，冲进去只一扫描，一排装帧精美的港台书便尽来眼底，立马狂叫着冲出去提款。

待腰里揣有三百美元，乃一本一本地细淘慢翻起来，好书太多了，不一会儿，便挑出了一大抱。算算价钱，早已超过三百美元，只好不情愿地做些剔除。那时刻，才真切地体会出“挥泪对宫娥”的滋味。

晚上坐于灯下，倒上一杯可乐，点燃一支香烟，便开始了例行的把玩抚摸。忽然觉得烟缸离茶杯太近，怕不小心将烟灰弹错地方，但沉迷书中太深，懒得抽手，便没去管它。待到将几十本书逐一摸完，端起茶杯便一饮而尽。喝完觉得味道极怪，仔细一瞅，杯底全是烟灰，再看看烟缸，竟是干净如初！

有了第一次，便难保第二次。昨个儿闲着，又要去寻访另一家专卖大陆书的东方书局，心想国内一些买不到的绝版书，兴许能碰上一些。谁知到那儿一看，岂止大陆书琳琅满目，就连做梦都在寻觅的香港三联书店版《回忆与随想文丛》和《读者良友文库》，也都眼巴巴地等在那里！又是一阵疯狂的抢购。巧的是，最后一结账，还是三百美元！

踏着世纪积雪，拎着两袋沉甸甸的书，一摇一晃地去赶地铁。心中当然有得书后的兴奋，但更多的，却是不安和自责——足够买一台彩电的钱，就这样莫名其妙地变成了一堆破书。叹惋之余，把本来该是《买书记乐》的题目，也改成了《买书记痛》。

卖　书

宋代陈亚有诗曰：“满室图书杂典坟，华亭仙客岱云根；他年若不和花卖，便是我家好子孙。”明代毛晋则说：“吾家业儒，辛勤置书，以遗子孙，其志何如。后人不读，将至于鬻，颓其家声，不如禽犊。”清代王昶也道：“如不材，敢卖弃；是非人，犬豕类；屏出族，加鞭箠。”用语之狠毒，令人咋舌。可见，卖书乃藏家之大忌。而且这还是教训子孙勿卖，倘藏书家自己变卖图书，更是如何得了的事情。

我有志积攒图书，时间不长，所藏也非多，可卖书的念头还是颇动过几次，虽然最终未能成交，但此中的种种尴尬却也领略殆尽，说出来难免贻笑于大款之家。

第一次卖书，是在女儿出生之际。由于我乃薪水阶层，收入颇薄，平常从牙缝里挤出的一点点余钱全部用来购置了图书。猛然添一人口，立时感到捉襟见肘，有时甚至到了等米下锅的地步。为了贴补一些家用，就扬言要变卖一些藏书。同事某对我的书垂涎已久，闻言大喜，当下便选了几种，计有黄裳著《过去的足迹》、夏衍著《懒寻旧梦录》，以及《中国新文艺大系杂文卷》等。待我将书价一估，大叹不划算，因为这些书多为涨价前旧物，书品虽佳，定价却低得惊人，譬如一册《西厢记》，也才七角几分。即以原价出售，花花绿绿一大堆，也只换得三头二十而已。杯水车薪，非但于家用无济，反而失去了自己藏书中的珍品，岂有成交之理？只好作罢。

生活依旧拮据，买书的癖好却是有增无减，尤其是来京读研究生的这两年，学业之余，几乎跑遍了京华大大小小的书店。若是买书以实用为目的，倒也不甚破费；不可救药的是，我还穷讲究些版本。譬如周作人的著作，我已买过多种，其代表性文章已基本包容在内，但那天碰上广播电视版的四大册《周作人散文》，还是被它精美的装饰挑逗得走不开，犹豫再三，终于把近五十元的生活费扔给了书店。然而恰在此时，接到了妻子的电报，称不日将携小女来京秋游。我一时呆了：妻女远道而来，为夫为父，总不能享之以西北风吧。思来想去，只能靠变卖《周作人散文》应急。便去了北大书店。手里虽在翻一本书，眼睛却瞟着置放那书的架子，好不容易盼到一位将书拿起，赶忙窜过去，小声问道："想买吗？我可以便宜卖你一套。"其情其景，颇似地下工作者以暗号接头，对方看看书价，微笑摇头。如是者三。书没卖成，店员却对我警惕了，哪敢再作逗留？出得店门，仍不死心，乃提笔在三角地广告栏上手书一行小字："转让《周作人散文》一套四卷，比原价便宜五元。"便在寝室苦等，但终不见有人来买。晚上灯下摊书，摩挲封面，道一声：“知堂知堂，我再不卖你了！”话音落处，耳边掠过一阵愁人的秋风秋雨……

书　债

古人有“借书一痴，还书一痴”的说法，意思是，把书借给别人是傻子，借别人的书而归还同样不聪明。我自幼爱书成癖，藏书轻易不肯示人，担心借了不还尚在其次，主要是怕人不知爱惜，把书弄得面目全非。所以这第一痴算是与我无缘。

那么，第二痴的情形又如何呢？

一般说，他人藏书我是尽量不借的。倒不是恪守“己所不欲，勿施于人”的古训，而是因了这样一个事实：那就是凡我喜欢的书，不惜重金也要想办法购置。既然觉得别人的书好，买一本就是，又何必去借？

可凡事总有例外。并不是所有别人的好书，你都能马上买到，这时你就得非借不可了。最富讽刺意味的是，我这个一向反对借书不还的人，竟也欠下一笔书债，虽不是存心想据为己有，但几年不还，心理上总觉得背着个沉重的包袱。

那还是一九八八年夏天的事情。当时担任某报编辑的吴君来找我，要我给他的《品书录》专栏写些稿子。因他知我爱读书话随笔一类文字，便说：他新从哈尔滨购得一套叶灵凤的《读书随笔》，可以借我一读。数日之后，正好一帮文友在吴家小饮，拿出书来一看，爱不释手，便背将回府。

但天有不测风云，不久，吴君的生活发生一些变故，辞职南下了。次年初，我也跑到北京求学，在那里一待就是三年。这期间，我不断打听吴君的消息，却是音讯渺茫。后来在报纸上读到他的《石狮印象》，内心里颇为他的振作而庆幸。有道是“塞翁失马，焉知非福”，有了此番阅历，吴君当能写出辉煌的巨著，也未可知。

由于欠着吴君这笔书债，所以每次放假回家，总要打听他的行止。去年冬天听说吴君已回到本市，主编一家小报的副刊，便急切地拨电话找他，不巧他没有上班。阴差阳错，不久我又远飞美国。临行前整理图书，妻发现《读书随笔》竟有两套，迷惑不解。我说："一套属吴君，另一套乃我后来购置，"并嘱她妥善保管，日后好完璧归吴。

行文至此，该总结"还书一痴"的问题了。可我却得出了另外一种结论：说它是一笔书债，倒不如理解为我和吴君的一种缘分。要不是这笔书债，我何以能如此牵挂吴君？怕早已天各一方，相忘于江湖了。

书癖谈屑

抑或因为早昔书不易得，抑或因为“唯有读书高”自古为人信奉，抑或两者兼而有之，反正，旧时的某些读书人，对于书籍的迷恋，几乎达到了神经兮兮的程度。随便翻几页旧笔记，你会发现，有多少人被奉以“书迷”“书痴”“书魔”“书淫”等等的美号，又有多少人创下了“卖一田庄，买一《汉书》”一类的豪举。更遑论尤袤的“四当”、许棐的“书之赐”、全祖望的“不能一日无此君”、徐𤊹的“人生之乐莫过闭户读书”，这些数也数不清的名言警句。

近代学者陈登原，曾将这种“兼以神怪非常之态度待其所藏”的人，指为“书癖”。“书癖”

也者，疯乎？傻乎？古来就是见仁见智，褒贬各有。

明代莫云卿，每得一古书，就像添一良友。“古梅花放时，以磐石置彝著器，焚香点茶开肉典素书读之，正似共百岁老人，捉尘谈霞外事。”这等“书癖”，倒颇有几分古意在内。

宋代杨应之尝题所居壁曰：“有竹百竿，有香一垆。有书千卷，有酒一壶。如是足矣。”这等“书癖”，儒雅风流，代表了一种淡泊宁静的生活态度。

近人傅增湘每年岁暮除夕之前，照例要在藏园中举行祭书之典，并邀请三五同好以书会友，出示一年所得珍本共相赏析题咏，这等“书癖”，不失为书友之间的盛会，艳羡犹觉不足，岂敢说三道四?

清人吴骞嗜书甚笃，每得一奇书，把玩之不足，竟至以书名作为自己儿子的字号。如他的次子吴寿旸，字周官，号苏阁，均以所得书而命名。

这种“生儿即以周官字”的做法，倒也给家庭生活平添几分乐趣。

明代边贡癖于求书，搜访金石古文甚宏。不料一夕尽毁于火，急得他仰天号哭：“嗟尔！甚于丧我也！”竟至一病不起，五十七岁即呜呼哀哉。这等“书癖”，能不令人掬一把同情泪？！他如钱谦益的“挥泪对宫娥”、赵琦美的“武康山中，白昼鬼哭”，情形与此约略相似。清代纪晓岚曾讥之为“何所见之不达耶”，讵料自己亦难逃“山河泡影谈何易？一见《公羊》泪不禁”的命运。

至于杜林的“每遭困厄，辄握抱此经”，则未免有些滑稽；朱大韶的以美婢换书，实在近于煞风景。这种“书癖”，与黄丕烈的刻意佞宋一样，皆不足为后世所取法也。说他们疯，说他们傻，或者可以。

买书众生相

喜欢买书的朋友，对郁达夫“绝交流俗因耽懒，出卖文章为买书”的名联大概并不陌生。其实，对于真正的嗜书者来说，只是“出卖文章”，怎么会满足？又如何能过瘾？且不去论胡元瑞的“脱妇簪珥以酬之”，也不必说王佩诤的变卖良田以偿书款，单表明代朱吉士以一美婢换一本《后汉纪》，你便会叹为观止；只提近人傅增湘以一万余元买一部《周易本义》，你就得瞠乎其后！邓邦述先借债以买书，后卖书以偿债，晚境多么凄凉；谢刚主自谓：“倘自己知道明天要死，今天的书还是要买”，又是何等的义无反顾！身无寸金、囊中羞涩如我辈，遥想毛晋当年“计叶酬钱”之豪举，只能心向往之；而张若筠“风雪载书”之孜孜矻矻，又实在令吾侪为平日的疏懒汗颜不已。

买书单凭财大气粗、巧取豪夺似乎远远不够。赵绍祖搜《宾退录》于卖饧者担中，靠的是处处留意、慧眼识珠的本领；郁佩轩得厉鹗《辽史拾遗》手稿于拾字僧肩上，全赖踏破铁鞋、沙里淘金的功夫。买书还能买出人格的高下、精神的尊卑。黄宗羲、吕留良争买澹生堂散书而至于绝交，令人啼笑皆非；陈仲鱼让书与黄丕烈，使其大病得愈，又平添了几分人情味；王士祯与好书交臂相失，至于病卧旬日，乃为一己之私利，无非茶余饭后的谈资；郑振铎于日寇铁蹄下劫中得书，却阻止了祖国珍籍的东流。千金散尽，换得丹心一片；作为“文献卫士”，必将永垂青史。

话借书

千百年来，借书一直是令爱书者备感困窘的一大话题。信手拿一本新书旧刊来翻翻，牢骚话可说触目即是。近的如某学者的“书与老婆不借人”，远的像唐代杜暹的“鬻及借人为不孝”，都称得上振聋发聩。痴欤？怪欤？个中苦乐，恐怕远非几句话所能说清。

读书人视书如命，可谓一大通病，但若说读书人个个都是“守财奴”，就有些以偏概全。其实在对待借书问题上，从来就不乏洒脱之士。譬如明代藏书家李如一就认为：“天下好书，当天下人共之，”所以倘有人向他借书，“未尝不倒庋相付也。”同时的另一藏书家徐𤊹也主张“传布为藏”，并进而总结出借书给人的三大好处。北宋藏书家宋敏求的藏书也对外人开放。据朱弁《曲洧旧闻》记载，宋敏求“居春明坊，士大夫喜读书者多居其侧，以便于借置故也”，以至于当时春明宅子比他处租值常高一倍。晋人范蔚有七千卷藏书，“远近来读者恒有百余人”。范蔚待客热情，甚至还为他们置办衣食。

那为什么总有些藏书者“誓不以假人”，表现得格外吝啬呢？这里原因就很多，需作具体分析。

初时，书不易得，很多都是黄卷青灯、萤窗雪案，一笔一笔亲手抄来。以后雕版印刷发明，可以成批出版，但流传仍不甚广，书的拥有者当然要格外珍惜，唯恐借出后有什么闪失。这种担心并不是毫无根据，譬如南宋藏书家周辉所藏之万卷书就多自己手抄，后因借人阅读而散失颇多，内心不无耿耿，乃发出“借书一痴，还书一痴”的感叹。

北宋颜之推曾言："借人典籍，皆须爱护。先有缺坏，就为补治。此亦士大夫百行之一也。"江禄就是具有此种操行的一个。他"读书未竟，虽有急速，必待卷帙整齐，然后得起。故无损败，人不厌其求假焉"。可惜的是江禄只有一个，人世间读书如"吃书"者毕竟居多。有的人一书在手，或卷脑，或折角，或以唾揭幅，或以爪侵字；坐则当凳，行则作枕，晴天遮阳，雨天挡雨，待到归还之日，书已不成其为书矣！不能不让你演出"挥泪对宫娥"一幕，哪里再敢借书给他？

还有一种人，对书也知爱惜，但借到手后就是不肯归还，同样让你大伤脑筋。譬如古代的颍川就有一个读书人，九经各有数十部，皆有题记，都是借人书而不还者。此公不但不脸红，还常常得意地向人炫耀他的版本多。碰上这类人，就不好对付。

教训多了，就会提高警惕。钱竹汀便总结出有三等人不可借："不还，一也；污损，二也；

妄改，三也。”有些藏书家，干脆谁都不借，钱谦益就是这样。祁氏澹生堂也规定“正本不得出密园外”。范氏天一阁更于阁下悬一禁牌：“擅将书借出者，罚不与祭三年。”陈恭甫小嫏嬛也是扃钥甚严，不能借读。这种做法虽然可以理解，但终究决绝了一些，不利于文化的传播。聪明一些的，当推光绪年间的梁鼎芬。首先他允许并鼓励借阅，其次又规定些切实可行的约法，譬如“徒手者不借”“借书之期，限以十日”“一本读毕，再借第二本”等，既开明，又科学。

书房名称种种

古今文人墨客，大多拥有自己的书房。书房因各人的性情不同而风格各异，名称呢，更是五花八门，千姿百态，或寄情，或抒志，有庄有谐，趣味横生。

书房名以称某斋、某室为最普通，如蒲松龄的聊斋、柳亚子的磨剑室便是。也有的称楼或堂，如吴骞的拜经楼、刘世珩的玉海堂。此外还有：屋，如鲁迅的绿林书屋；居，如杨树达的积微居；园，如傅增湘的藏园；庐，如张金吾的爱日精庐；阁，如孙星衍的岱南阁；馆，如赵用贤的脉望馆；房，如弘一法师的晚晴山房；库，如马廉的不登大雅文库；庵，如谢国桢的瓜蒂庵；巢，如陆游的书巢。

书房名常嵌以数字。如范钦的天一阁、胡应麟的二酉山房、陆陇其的三鱼堂、丁丙的八千卷楼、戈宝权的万卷藏书室。

以花木题名的亦很多，如许棐的梅屋、毛泽东的菊香书屋、冯友兰的三松堂、惠周惕的红豆书屋、周瘦鹃的紫罗兰斋。

与地理环境有关的书房名称，有孙星衍的岱南阁，因曾居于岱宗（泰山）之南，故名。

言志的，如陆游的老学庵，取师旷“老而学如秉烛夜行”之语。陈垣的励耘书屋，意在要求自己做学问要像耕田锄草一样，深耕细作。杨树达的积微居，意思是说知识学问是由一点一滴苦学积累起来的。黄宗羲的惜字斋，因他作文惜字如金，力求简洁，故名。

隐含讽喻和相互调侃的书房名亦不鲜见。比如柳亚子抗战时曾以羿庐为书斋名，取神话故事后羿射日之意，表示对日寇的无比痛恨和抗战到底的坚强信念。清代李渔寓居北京时，公然大书

“贼者居”三字，贴于府第，对门的一个读书人则为自己的书斋命名“良人所”，以为调侃。

也许是英雄所见略同，古往今来，斋名相同或相近者俯拾即是。譬如以梅花命名的书斋，就有许棐的梅屋，吴湖帆的梅景书屋，梅兰芳的梅花书屋，朱岂瞻的梅花草堂等。陈叔通与齐白石的斋名更是一字不差，都称百梅书屋。

以“玉海”名斋的也很多。较著名的，就有刘世珩的玉海堂，孙衣言、孙诒让的玉海楼。前者因藏有元刻初印本《玉海》而有是名；后者则是出于对《玉海》作者王应麟读书之博和著述之富的仰慕，并隐含有藏书“如玉之珍贵，若海之浩瀚”的意愿。

清代乾隆年间，浙江东西两位藏书家的书斋皆云“抱经”。一为宁波卢青崖的抱经楼，一为杭州卢文弨的抱经堂。时人称为浙江东西二“抱经”，一时传为佳话。

此外，松江韩氏有读有用书斋，大埔温廷敬

有读无用书斋。虽一字之差，其趣却大异。

历史上更有一则因与当朝皇帝斋名相同而大沾其光的故事，这个幸运的斋主便是清人鲍廷博。他的斋名知不足斋，乃取《大戴记》“学然后知不足”之义。碰巧清仁宗颙琰的书斋也叫知不足斋。当他读到鲍廷博所刻《知不足斋丛书》后，颇加赞赏，特传谕抚臣曰：“朕近日读鲍氏丛书，亦名知不足斋，为语鲍氏勿改，朕帝王家之‘知不足’，鲍氏乃读书人‘知不足’也。”后来一时高兴，竟钦赐年逾八十的鲍廷博为举人。

藏书家的斋名

书斋的得名，固然因各人的喜好不同而风格各异，但古代藏书家的斋名，却多与藏书有关。如清代藏书家黄丕烈曾得虞山毛氏藏北宋本《陶诗》，又得南宋本《汤氏注陶诗》，不胜喜悦，因名其居曰陶陶室。近人马廉因收得明万历刻二十回本《平妖传》，为世所罕见，故名其室为平妖堂。傅增湘书斋名双鉴楼，因为他藏有两部珍贵的《资治通鉴》。朱希祖则因为藏有一部明抄本郦道元《水经注》，而由章太炎代为取名郦亭。近代藏书家周叔弢斋名尤多。如寒在堂指宋本《寒山子诗》，半雨楼来自宋蜀本《王摩诘集》中“山中一半雨”之句，双南华馆指收藏有两种宋本《庄子》，东稼草堂指藏有元本《稼轩长短句》和《东坡乐府》，孝经一卷人家指藏有元相台岳氏本《孝经》，自庄严堪则出自《楞严经》。还有的藏书家干脆在斋名中表露出对所藏秘籍的珍爱之情。如陈继儒的宝颜堂、吴骞的拜经楼、陆心源的仪顾堂、潘从周的宝礼堂、缪荃孙的联珠楼，一宝一拜一仪一珠，将藏书家爱书如命的行状暴露得淋漓尽致。

藏书家不但因藏有珍品秘籍而沾沾自喜，还常常以藏书数量之巨而自矜自夸，这种心理也充分地反映到斋名上来。如近人吴梅的百嘉室，陶湘的百嘉斋，邓邦述的百靖斋，都表示藏有一百部明代嘉靖朝刊本。清代吴云的二百兰亭斋，乃夸耀藏有禊贴二百余种。更为有趣的是，藏书家之间还爱在斋名上争强斗胜，甚至摆开擂台。譬如清代黄丕烈因得宋刻百余种，乃构专室藏之，颜曰“百宋一廛”。陆心源不服输，来了个“皕宋楼”，表示我比你多一倍。吴骞亦不甘示弱，自题其居曰“千元十驾”，谓虽然没有宋刊，但一千种元板书，也足可抵得上百部宋刻。黄丕烈还专门为此事赋诗一首：“千元百宋竟相夸，引得吴人道是娃。真个苏杭闻见广，艺林佳话遍天涯。”

藏书家不仅藏书，也读书，所以不乏满腹经纶之士。他们为书斋取名，便喜用典。如明代王世贞的弇州园，典出《山海经》。清代潘祖荫的滂喜斋，典出扬雄《训纂篇》。傅增湘的藏园，取苏东坡诗句“万人如海一身藏”之意。张金吾爱日精庐，源于曾子的“爱日以学”之语。瞿绍基的恬裕斋，系由古书上“引养引恬”、“重裕后昆”变化而来。张惠言的茗柯堂，则取“如茗之柯小实，非外博而中虚”之义。书卷气都很浓，既寓意遥深，又耐人寻味。

有些斋名的用典，则与藏书活动有关，较著名的是：明代胡应麟的二酉山房。民间传说，秦末有位读书人为避战乱，将其书迁移至湖南沅陵境内的大西、二酉山中，历经数代而终被后人发现。明末赵用贤、赵琦美父子的脉望馆。传说蠹鱼三食神仙字，则化为“脉望”，馆名取此。清代劳格的丹铅精舍。前人事校雠多用丹砂、铅粉，遂专称校雠考订为“丹铅”。劳氏不独藏书宏富，更以校勘名家，故以丹铅名其室。

纽约寻书

纽约寻书记

能在有生之年负笈纽约，为我始料所不及。所以直到登上联合航空的那一刻，我都平静得跟个局外人似的，全然没有出远门的感觉。只是想起一位作家说过的话："我们向着东方飞，却来到了西方。"是呵，转眼之间，便真的置身在了地球的另一端，想想人这一生也怪有趣。

原打算给家乡的报纸写一组书话，聊解思乡之苦，但今晚坐在灯下，翻翻半年来的日记，忽然觉得这些信笔涂鸦的文字，倒颇存一些自然天趣，不似正规文章那般，一味削足适履，便决定抄几段，以公同好。

（一九九三年）二月五日

连日来忙于租屋，总算安顿下来。房子就在哥大向北几条街，街道非常整洁安静，街尾是一座有着尖尖的塔顶的教堂。今天情绪好，便在哥大附近逛书店。一般说，大学校园附近，最是书肆云集的地方，哥伦比亚大学亦不例外。其中百老汇大道哥大对面有一家规模较大的书店，里面布置相当拥挤，书架高可达天花板，取书的话须援梯而上。有趣的是，它不称书店，而叫图书广场，莫非在极言其大？但校门南侧的哥大书店规模似乎更大些，且布局也较疏朗，感觉上很舒服。此书店还兼卖文具和哥大纪念品，如运动衣裤和恤衫之类，但价格均极昂贵，一件短袖恤衫便要二十美元。地下室卖教科书，部头都很大，价格一般在五十美元上下，所谓的“used book”（用过的书）也不便宜，岂敢问津。其他几家书店规模要小些，兼卖文具是其普遍特点。有一家专卖旧书和旧唱片的，进去转了转，也无甚可买。街头也有旧书摊，其中文学书有海明威《老人与海》、左拉《娜娜》、费尔丁《汤姆·琼斯》和荷马《伊利亚特》等，售价在两三美元之间，而书店里卖的这类新书，则有平装本的企鹅古典丛书，一般每本要卖七八美元。

二月十日

上午又往东亚图书馆看杂志。翻阅之下，发现还是台湾的杂志水准要高些。譬如《联合文学》、《幼狮文艺》等，不说内容，单刊物漂亮的设计就让人爱不释手。另有一种《出版人》，也还不错。大陆高手云集，人才比台岛多出不知多少倍，但装帧漂亮些的刊物却总也没有。

二月十三日

又往中国城，决意要搜出书店。中国城食肆茶楼林立，烟火气浓得很。走街串巷，总算寻到几家书铺，规模都不算大，且多兼售文具和报刊。书的品种极少，多为港台出版的通俗小说，如金庸、古龙的武侠，琼瑶、亦舒的言情，还有一些生活类的书，如中医、食谱等。有家书店陈列风水命相的书不少，倒是前所未见，但欲搜寻格调较高一些的读物，却根本没有。只发现几本香港明窗出版社和勤+缘出版社的书，尚属散文随笔一类，但作者多属无名，题材也不甚喜欢，所以无一可买。最后只购得香港《文汇报》《大公报》《星岛日报》及《人民日报海外版》等报纸数份，以不虚此行。

二月十六日

本来天气刚刚雪后放晴，不意今晨开窗，又发现雪花纷纷飘起。纽约真是有趣，冬天将尽，竟如此多雪，在我来后两周里，此已是第三次大雪了。不过天气的确暖了，今天的雪虽不小，但落到地上马上也便融化了，所以并无太多积雪。尽管不甚冷，但见一着短裙的女士匆匆行走于雪中，还是有几分狼狈，几分滑稽。

早餐只食几粒饼干后便冒雪出去。因参加一英语班学习，要求买教材，便在伯纳图书广场花四十美元购得了三种。这个数字，在国内差不多能购置一车。花钱多不算，还享受不到买心爱之书的乐趣，真是叫人难受的事情。

下课后去法学院图书馆查目录。卡片柜在这里是取消了的，只需操作电脑检索，方便极了。终于找到了美国行政法学著作之所在，整整一书架，足够一年的研究了。

二月十七日

昨夜迟睡，今日迟醒。早饭后便去东亚图书馆，看今年的《大公报》。因该报曾连载过巴金的《随想录》，所以慕名已久。但一读之下，发现也不似想象的那般好。就文学版和副刊来说，较大陆报纸并不高明。近期大陆报刊颇火，一些周末版不说，就《中国青年报》而言，就很令人耳目一新。不独文风新鲜，跟生活亦贴近了许多。《文汇报》也破天荒在第一版以整版篇幅刊登广告。此在港台、国外来说并非罕见，在国内，恐怕是破天荒头一次，要有些魄力。因为按照传统，这位置照例是报道领导人开会的地方。如此看来，只要新闻开禁，国内报刊的前景会是好的，人才多，稿源亦丰富，是香港所不能比拟的。

早就注意到日本出版物之精美，那天在东京成田机场停留候机时，三个小时的时间就几乎全用在了瞧书上。今日在东亚图书馆书库逡巡整整一下午后，这种印象更为强烈，忙不迭地后悔没学日文。不独书物精美，而且日本人的爱书趣味亦很浓厚，与书文化有关的图书和刊物极多。吾以为，西洋书尽管装订考究，但商业气息太浓，总不及东洋书散发着一种内在的书香，一种浓浓的文化氛围。这也许因为日本跟吾国同文同种的缘故罢，爱书的趣味也大抵相近。

经检视，大陆的一些书话著作，如我素来爱读者：黄裳《榆下说书》、郑振铎《西谛书话》、唐弢《晦庵书话》、周作人《知堂书话》等，东亚图书馆均有收藏，这样我可以随时抽读，异国之旅亦不复寂寞矣。

二月二十一日

今天礼拜，计划去东亚图书馆读一天港台图书，为即将开写的《港台书话》拉个计划。出门后却发现天又是阴阴的，又有下雪的迹象，而东亚图书馆星期天开馆时间是下午二时，现在还早，只好去街上先解决点吃的。顺百老汇往下，直走到一一〇街附近，才发现一卖早点的商店，进去左打手势右比画才买得面包一只，奇硬，里面抹上点起司，便就是所谓的三明治了，真是不敢恭维西人的吃食。这时刻，多么怀念故乡的煎饼果子、馄饨摊儿……难怪有些人宁愿放弃国外优裕的生活条件而往国内跑，除了报效祖国这一崇高的字眼之外，最真实的怕还是不堪异域文化的煎熬、血液中的中国情结在作怪。那让你恨又让你爱、让你惧怕又不愿拒绝，让你思让你念让你梦让你无法忘怀的古老而又神秘的文化……

一只三明治惹来一场思乡呓语。就这样吃着，走到了东亚图书馆。进得书库，将文学图书逐一搜索一遍，这才发现以前被表面的繁荣和丰富欺骗了，要想写《港台书话》，可供评介的图书实在不多，这无疑对我雄心勃勃的计划颇为不利。在情绪不甚高的情况下，看了会儿秦松的《很不风景的人》和黄裳的《晚春的行旅》，转眼便到了闭馆时间，只好抽身回去。出得馆门，才发现雪已半尺多厚，依旧在下。深一脚浅一脚地走着，雪粒打到脸上疼痛难忍。街道上、公寓前也不知是些什么人边下边扫开了雪，直到夜半时分，扫雪声仍复不断。

二月二十二日

要说度日如年，心情可以理解，实际上的感觉却并非如此，反而觉得一周一周过得飞快，这不，一个星期又开始了。而且本月只有二十八天，转眼来美的第一个月将成为过去。为何有快的感觉，怕是跟美国人一周休息两天有关。虽说休息两天，但一般星期五就不安排课了，所以只要星期四一过，也就感到这一礼拜又到了尽头。

今天午饭后便去了哥大，先在法学院图书馆看英语语法，为周三的考试做些准备，又去巴特勒图书馆查找几本书。在电脑上敲打了半天，竟然没有。便到报刊阅览室翻了翻《纽约书评》《美国书评》和《伦敦书评》，觉得作为介乎报纸和刊物之间的一类东西，编排也一般。似乎书摘居多，没多少书卷气。这类报刊我还是推崇港台的出品，譬如台湾的《书评书目》和香港的《读者良友》。英美东西似乎更注重实际，而不偏向于外表的形式。这恐怕也是东西方文化的差异之一。国内的《读书》杂志我向来喜欢，但最近两年不知不觉中它的风格有些变了，不再像以前那样亲切、那样闲在，而成了一只严肃有余的大鸵鸟。虽然今年它的印刷质量有提高，封面设计也讲究些了，但文章的可读性却大不如前。

二月二十五日

连日来读书写字的热情一日高过一日，唯觉时间不够用。故今晨起床后即赶往哥大，在东亚图书馆埋首终日，看完郁风的《急转的陀螺》，并作书话《画眼情心》。郁风是郁达夫侄女，本身是资深画家，但写得一首好散文。其夫黄苗子先生亦是能文擅画，著有《敬惜字纸》。画家散文，风情独具，向来为我爱读。像黄永玉的《太阳下的风景》、韩羽的《闲话闲画集》、叶浅予的《细叙沧桑记流年》等，均是我藏书中的珍爱。今天另有一收获，就是从书堆中搜出香港作家许定铭的《醉书闲话》，为香港三联书店出版的《读者良友文库》的一种。许氏二十年来搜购新文学绝版书颇多，书话写得亦清新流利。我曾在《香港书话三作家》中介绍了杜渐、林真、黄俊东，这次又得补写一篇《香江书话又一家》了。

二月二十六日

今日在东亚，又意外发现一批感兴趣的书，如香港三联书店出版的唐琼《京华小记》就很有意思。该书是唐琼在《大公报》所写同名专栏的结集，内中有《陈原速写》《范用素描》《怀唐弢》

等篇，均我喜欢的文化人也。翻《香港文学》杂志，知唐琼本名潘际坰，这个名字倒更熟悉一些。此公过去久居京城，如今移居香港也。但查遍作家辞典，均不收他的名字，欲知更多情况而不能。不过意外的收获是，知道了因写《你一定要读董桥》等文而名噪一时的柳苏和编辑叶灵凤《读书随笔》的丝韦竟是同一个人。这“两位”的身世对我来说一直是个谜，想不到一齐解决了。丝韦即柳苏，本名罗承勋，是四十年代初就开始写作生涯的著名专栏作家，长期生活在香港，难怪对香港文坛掌故那么熟悉。最近他将毕生所作文章选出三百五十一篇编成一部《丝韦卷》，已由香港三联书店出版。《香港文学》在他的名字前冠以“北京”字样，料是此公晚年已移居京华。跟唐琼正好相反。看来，在香港混应是北京通，在北京混又应是香港通，远来的和尚好念经，如此才有人称权威。

黄昏时分听到一惊人的消息：世界贸易中心

一百多层的摩天大楼中午十二点半发生爆炸事件，炸穿六层，五人丧生，近千人受伤。我来美后，一直感觉纽约秩序尚可，不似想象的那般可怕，今天的一炸则打破了这种宁静，纽约城陷入一片恐慌。

二月二十七日

今天天气很好。午前往哥大去的路上，特意选择百老汇大道走，在阳光下感到格外放松，一周来略感紧张、疲惫的身体和精神，都感到有所恢复。在报摊儿买《世界日报》《星岛日报》和《纽约时报》各一份，当然都在大肆渲染昨日世贸中心的爆炸事件。有趣的是，《星岛日报》有一《每周星座运程》的栏目，按出生月份，我属双子座，上周的建议是："周内宜留在家中稍事休息，并替家人服务，打扫一下房间。"恭敬不如从命，我真的将房间认真收拾了一番。本周的建议则是："忙碌令你消耗太多能量，因此需要争取时间休息，精神状态好时才可签署重要文件。"我哑然失笑：一介草民，有什么重要文件可签？不过连日来读书写作倒的确是紧锣密鼓，这不，周末也懒得出去观光了，蹲在书库里看完了厚厚的一册《京华小记》。随后又于卡片柜中检出叶灵凤著作一批，计有：《红豆集》《晚晴杂记》《文艺随笔》《香江旧事》《鸠绿媚》《香港方物志》等，正是我久在寻觅的！可以想见我当时激动的情形，心都在怦怦乱跳了。谁知一问馆员，竟说这些书全在一三一街的附属图书馆，需提前打电话预订，方可借阅，心又凉了一半。

今天没有开伙，只在快餐摊儿买面包圈一只，奇硬，只有盐味，味道类似山东厚饼，但远没有后者可口。又买塞温纳普一听，就这样三顿合作一顿。

昨夜梦频，又梦见回国事。

二月二十八日

本欲再往东亚看书作文，消磨周日，但下午二时才能开馆，上午只好另作安排。纽约近日因爆炸事件，一片惊恐，故不愿到下城惹事，在家完成一英语作文后，迳往伯纳图书广场，以十二美元购《正宗文章》一册，如割肉一般心疼。但课堂要用，总不能不买。又逛一家超级市场，所卖皆日用百货，其中纸张文具颇精美喜人。本拟买一叠拍纸簿，但算算价钱，在国内可买好几本书，便作罢。下午在东亚完成未竟之《小记京华有唐琼》，又作一篇《郁达夫游记五种》。本打算再写一篇《茶事与茶史》，因腹饥无心再作，只好留待明日。因今日房东在家，厨房小煮食不便，乃于成都菜馆购宫保鸡丁一份，一尝才知不是滋味，叫作油煮三丁怕更合适。

到今天，来美后所作短文已达十篇，差不多相当于过去一年的成绩，由此可知以往荒废了多少大好光阴。

三月二日

连日来，因世贸中心爆炸而带来的阴影一直徘徊不散，今天在图书馆，就遇到一场虚惊。我正在地下室的最底一层埋首读书，突然警铃大作。开始并没理会，但随即听见楼上脚步声乱作一团，这才意识到问题的严重，忙收拾东西往外跑。外面已站满了人，有好几名警察在门口，不让任何人进入，头上则有数架直升机不停地盘旋，气氛相当紧张。看看表，中午十二点半，正是上周五爆炸的那一时刻。一会儿听警察说是在进行侦查，大约过了四十多分钟，警察宣布可以重新进去了，一场虚惊方以平安无事而告结束。后来听说可能有人打电话声称在图书馆置放了炸弹。我倒没觉得有多害怕，第一个冲进了馆里，继续在地下室书库看书。

晚上回家途中，在一个旧书摊前停留片刻，见有一册五十年代在巴黎出版的《梵高画集》，倒很精致可爱。摊主跟我要两美金，我只肯出一美金，老头儿就有些不高兴，说你到百老汇那边看看，起码要四元。买卖终于没有做成。

三月四日

昨夜雨疏风骤，寒气袭人，辗转不得好睡。今天风雨犹自肆虐了一天，便不出去，在家乱翻闲书。

《香港文学》披露的一段郁达夫鲜为人知的情史颇有趣，说的是浪漫诗人在槟榔屿与一风尘女子的数日情缘。才子配佳人，古来如此，达夫亦是福分不浅。但发展到今天，文人是再也不吃香了，今天的"妙龄女子"谁个还肯钟情于穷书生？她们爱慕的是腰缠万贯、手持大哥大的款爷。难怪作家们纷纷下海经商，除了经济窘迫这一实际问题外，想另辟战场，重新找回昔日的风光，怕才是更深刻的动机。试想这班"舞文弄墨"之辈，哪个耐得住寂寞？下海就下海去得了，亦不必多加指责，中国的作家本来就够多了，倒是那些真正能山雨欲来风满楼，我自岿然不动的人，才有大出息。不过话说回来，下海经商亦与写作互不冲突，反而能增加些人生的体验，没准能写出传世的巨作，也未可知。以写财经小说出名的梁凤仪小姐，不正大红大紫于京城吗？总之，萝卜青菜各有所爱，各人干自己爱干的事情去就是。

原打算去听魏绍昌讲鸳鸯蝴蝶派小说，一看表时间已经过了，真是有些懊悔。魏是上海社科院的研究员，对清末民初文学颇有研究。

三月七日

难得一个晴好的周日，草坪眼看出绿来了。办公楼前长长的石阶上坐满了三五成群的男女学生，很满足地享受着阳光的沐浴。此建筑乃哥大的象征，好几年前我就由王蒙访问哥大的照片上见过了。印象最深的是那一排高耸的圆柱，跟人民大会堂有些相仿，屋顶却是圆的。此处原为图书馆，至今仍刻有哥大图书馆的字样。

说到图书馆，感到中西最大的差异是它的开放性。中国的图书馆很封闭，书库一般是绝对不可进去的，只能将索书单递上，由馆员为你找出，而且还要限量。有一个时期我在北京图书馆查资料，就深受这种制度之苦。先要排队换座位牌，然后才能递索书单，等到最后书出来，差不多到了闭馆时间，哪里还能耐下心来研究？有时苦等良久，却被告知书被借出，结果白白耗去一天，哥大的图书馆就不同了，它不仅允许你进书库自己挑选，而且干脆就在那里设置了书案，任你尽兴地阅读。我即在东亚图书馆觅得了一个座位，它类似于写字台，却用隔板将三面封闭，顶上则横一木板，作书架用，可并排置三列书。我将要读的书悉数抱来，分类摆开，慢慢做我的研究，感觉特别过瘾。但这种坐拥书城的待遇也有一个缺点，那就是容易使你眼花缭乱，面对那么多好书，哪本都想读，只恨自己不多长两只眼。

三月十日

看了一些香港文学的资料，感觉香港文坛对叶灵凤先生有些冷漠，尊敬不够，心中极为不快。其实叶灵凤的几本读书随笔、香港掌故，有不少人还是在暗中模仿的，但他们却似乎讳言这种影响。其实，翻翻那些人的作品，没有谁能超过叶灵凤的价值。曹聚仁的命运似乎类似，但结局更惨，竟是贫病而死。而差不多同一时期由大陆去香港的刘以鬯、李辉英、徐訏等人，似乎更热闹些。这大概跟有些人的观念有关，以为只有小说，特别是长篇小说，才是文学的正宗。殊不知经过时间的汰选，能留传后世的，多是那些言之有物的文史杂著。大陆的黄裳先生，亦被重视不够。远在一九四八年，唐弢先生就称黄裳为“文体家”，真是慧眼独具，但对于黄裳著作的研究，与他所取得的辉煌成就极不相称。真正的学问家往往是寂寞的，而一般人拥戴的那些所谓大师，其实倒贫乏得可怜。

三月十二日

按预定计划，今天专程去世界书局访书。据《联合文学》提供的地址，该书局在百老汇大道三七七号。但百老汇纵贯曼哈顿岛，三七七号又在哪一部位呢？昨夜便拿出地图研究，按地图上提供的换算方法，得出结论：在四十八街。午前便乘地铁前往。为保险计，在六十街便下车，一路探索。可一直走到时报广场，也没寻见。见路边有几位警察，乃过去探询。警察说三七七号在下城，远着呢。看看路边的门牌号，可不是，都在一千五六百以上。但不想再乘车，乃一路步行朝下城走。一直走了几十条街，甚至都过了中国城，这才在怀特街与百老汇的交叉处寻见了世界书局。待进去一看，果然气象不同。看看架上所陈，正是我要寻找的。来不及细看，转身便跑出去，到银行提款。提了三百美金，心想以此为限。便开始了令人振奋的细淘，不断地有令人惊喜的发现。最后将挑选出的书一汇总，已近四十本。以一本十元计，钱怕是不够，只得剔除了几本。最后一结算：二百九十块八毛！购得的书有：台湾业强出版社中国文化名人传记丛书三种、香港三联书店《中国现代作家选集》四种、阿盛著作四种、隐地著作八种、尔雅丛书三种、香港三联书店《读者良友文库》二种、苏精《近代藏书三十家》、台湾版杨绛《干校六记》等。

结完账问店员此地还有其他中文书店没有，她为我指出两家东方书局：一在孔子大厦附近，台港大陆书皆有；一在伊丽莎白街，专卖大陆书。我乃提着两捆沉重的书继续去寻找，但转了足有一个小时也没寻到。便乘 N 线地铁准备到时报广场转一线地铁回寓。于车上埋头读李辉《恩怨沧桑》，不觉坐过了两站，只好出来，索性在影院看电影，名为《哭泣的游戏》。

回家后便将所购书悉数摆于几案，倒上一杯可乐，燃起一支香烟，一本本细细欣赏。因茶杯紧挨烟缸而放，担心将烟灰弹错地方，但因沉迷于书中，懒得去动它，这样读了一会儿，便拿起杯子一饮而尽。喝到最后觉得不对味儿，仔细一看，杯底全是烟灰，而烟灰缸却空空如也。

今天空着肚子，走了怕有大几十里的路，要在平时怕早就晕过去了，但由于这一堆漂亮的书，却使我全然忘记了疲劳。

三月十五日

因惦着那家东方书局，今天课后突然又生访书的念头，乃乘地铁直奔华埠而去。在伊丽莎白街来回踅了半天，总算找着了“东方文化事业公司”的招牌。进去一看，规模甚大，主要经营大陆书刊，也间有港台出品。文史哲经、理工农医，样样都有。录音机里回旋着大陆音乐，听来很亲切，如在国内一般。径直跑到现代文学柜前，一看架上所陈，兴奋得险些晕过去。它依作家顺序，井井有条地陈列着在国内都少见的那么多精品。当下就选了香港所出柯灵的几本书，如《长相思》《文苑漫游录》《柯灵》，都是久在寻觅的。又发现另一端陈列着几乎全套的香港三联版《回忆与随想文丛》和《读者良友文库》，兴奋至极，乃选了黄裳的《晚春的行旅》《珠还集》《山川·历史·人物》和《河里子集》，又选了许定铭《醉书闲话》、吴其敏《坐井集》《园边叶》、郑朝宗《梦痕录》、徐铸成《炸弹与水果》。果然不出所料，有许多国内已成绝版的书，这里都有，像唐弢《晦庵书话》、姜德明《书叶集》等等。本来寄希望能买到黄裳的《榆下说书》，但没有发现。叶灵凤的倒买了两种。一是上海书店影印的《灵凤小品集》，一是香港中华书局版《香岛沧桑录》。唐弢的也见了几种，但只买了《落帆集》，乃花城出版社重印本。曹聚仁的《文思》也买了，王了一的《龙虫并雕斋琐语》也买了，还有陈从周的《书边人语》、钱钟书的《谈艺录》、董鼎山的《西窗拾叶》、毛春翔的《辛亥以来藏书纪事诗》、阿盛的《春风不识字》、魏绍昌的《我看鸳鸯蝴蝶派》。最漂亮的两书，大概要算黄永玉的《吴世茫论坛》和《沿着赛纳河到翡冷翠》，但也极贵，后者高达二十美金。由于资金问题，许多想买的，最后只得都剔除了。如钱钟书的《七缀集》、郁风的《急转的陀螺》等。所持的一个原则是，能在国内买到的，不花冤枉钱在这里买。

主要买港台书，而且要求内容又好，装帧又精美的。

与世界书局相比，这家书店要热闹许多。但看书者多，买书者少。而且书价明显比那边贵，一般都在十美金以上，有的达到了二三十美金。店员的服务态度亦差。闭路电视监控不算，还贼眉鼠眼地盯着你。当我好不容易拣了一批书，再去别处淘时，回来已经给重新插架了，只得重来。当我又细淘慢翻时，一位老太过来说：“你有完没有？”我一听肺都气炸了。尽管她后来一直道歉，我再也不想搭理她。

三月十七日

今天一天都在下雨，不得出门，正好落得个雨天读闲书。到黄昏时分，读完了黄永玉的《沿着塞纳河到翡冷翠》，感觉是一次美妙绝伦的艺术享受。作者本人透露：当这些文章在《壹周刊》连载时，他每周四都要迫不及待地去报摊买一本先睹为快。并且自我陶醉地骂一声：“妈的！写得真不错！”除了显示出永玉乃真正的性情中人之外，也说明了文章是多么好，连作者本人都毫不避嫌地自卖自夸了。乘着兴致，写了一篇书评，惭愧的是，我竟不能骂一声“妈的！”晚间闲翻了数种杂书，又开读魏绍昌的《我看鸳鸯蝴蝶派》，虽是学术著作，但以小品的笔墨写出，且掌故颇多，叙述流畅，感觉也颇不坏，所以一读便读到了凌晨二时，还是没有睡意。读书当中，经常冒出一些古怪的念头，如鸳鸯蝴蝶派既有五虎将之说，那么，书话作家有没有四大天王呢？当冒出这一奇怪的念头时，我自己都忍不住大笑起来，真是想入非非也。

三月十八日

来美月余，一直未去领馆报到，每念及此，便感惶恐，趁着仍在春假，午前前往，终于在四十二街的哈德逊河畔寻到了领馆大楼。五星红旗高高飘扬，觉甚亲切。不巧的是，领馆正在午休。真是有趣，国内的生活作风即便在异国他乡也不能有丝毫的变动。便不耐烦，抽身奔华埠寻书去也。在东百老汇找到了东方图书文具公司，规模尚可，楼上卖文具，地下室卖书。可资一记的收获是，买到了叶灵凤的《香港的失落》和《香海浮沉录》，这样加上前买《香岛沧桑录》，正好将叶氏香港掌故三书凑齐。又于书架的最底层，觅到灵凤的《文艺随笔》，乃香港南苑书屋一九七九年版本，能买到十几年前的叶氏旧著，实属不易。书内有后记一篇，阐发了对读书随笔的看法，极为珍贵。另购金性尧《清代笔祸录》一册，乃香港中华书局版，与前购魏绍昌《我看鸳鸯蝴蝶派》均属百家丛书。该丛书尚有钟叔河一本，内容不太喜欢，未买。此行另一收获是终于买到了墨水和方格稿纸。稿纸特棒，竖排五百格，以鱼尾分作左右两栏，中间有“原稿纸”字样，国内从未见过如此漂亮的东西。

三月二十日

午前本拟往报摊买报，可买完报纸，双脚又

不由自主地进了地铁——又去访书。不过这次倒是拿定主意，不再大批购书。先到了世界书局，发现又有两册阿盛著作，一是《如歌的行板》，一是《春秋麻黄》，但因上架太久，已觉脏破不堪，犹豫再三，最终还是没买。又往东方文化事业公司，竟意想不到地发现了我曾经买而复失的姜德明《书梦录》。书梦在纽约得圆，甚感欣慰。另购花城出版社重印的刘西渭《咀华集》。好在这两本书都不算太贵，两三元而已。又购了上次想购未购的侣伦《向水屋笔语》，从中发现不少有关叶灵凤生平创作的资料，多亏补购，免了遗珠之憾。晚间又将《灵凤小品集》翻读一过，其中有的篇章亦是记述与郭林凤的爱情婚姻生活，不知何故两人终于分手，而林凤不久竟抑郁而死，真是凄然。双凤的恩怨始末，侣伦略有透露，但仅点到为止，并未详说个中原委。据称郭林凤离开上海前曾在一刊物上发表《别柬》，记叙的是夫妻反目的缘由，但不知此刊物的名称，不太好找。《向水屋笔语》里有灵凤和林凤的两帧照片，弥足珍贵。从照片看，郭林凤倒颇清丽。吴其敏在《园边叶》中，亦有文章回忆灵凤，说叶氏乃他所编辑的《乡土》和《新语》两刊物的台柱人物。

三月二十五日

自由自在的春假结束了，心情骤然紧张起来。中午在法学院咖啡厅，与美籍研究生马克和玛莎唔，商谈下周就中国法律发表演讲事。旋至图书馆，翻了十几卷台湾的《书评书目》杂志。它号称是“国内第一家书评刊物”，创刊于一九七二年，开本与大陆的《读书》相仿佛，封面采单色印刷，但颇有书卷气，朴素中透出几分娟秀。栏目设置亦丰富多彩，既有较长的正规书评，亦有短小的读书随笔，还有作家专访、书店出版社介绍和各种个人专栏，尤注重书目的编纂。只可惜因销路问题，终于停刊了。

课后回寓，已是晚上八时。小睡片刻，便接着读陈从周的《书边人语》。陈不啻一位奇人，身为园林专家，却喜散文创作，出书不少，如《书带集》《随宜集》《春苔集》《廉青集》等，我还藏有他的《说园》和《徐志摩年谱》。由于他半生湖海，故作纪游文字较多，但多属有所思才有所作，并不讲究布局、谋篇，故终究无法望黄裳和黄永玉诸文体家之项背。

四月四日

由于昨夜迟睡、今晨梦频，至午时方起。在报摊购《世界日报》，今日的《世界周刊》仍在连载罗孚的《北京十年》。作家多笔名并不罕见，但像罗孚这样，每个笔名都具知名度，便就少有了。罗孚、柳苏、丝韦，对于我同样如雷贯耳，直到最近，方知这三位原来都是罗承勋其人的化名。丝韦，四维也，罗也；柳苏，据说则是柳宗元和苏东坡的合称，取“流放”之意。柳苏在十年的艰苦岁月中写下那么多脍炙人口的佳作，得知内情，不免为以往自己的轻率感到大不敬。去哥大路上，进伯纳图书广场，购牛津版 essay 一册，也许将尝试一下翻译。晚间倚枕读书至凌晨三时，本欲睡去，但总不能进入梦乡，索性扭亮电灯，读完《爱路跋涉——萧红传》的大部，又读曹聚仁的《文思》。现在弄书话的一些人，取书名时都喜欢拿“书”和“人”这两个字排列组合，最早这样用的，怕还是曹聚仁。这本一九三七年出版的《文思》，中卷的名字就叫《书与人》。这是已具雏形的书话，写法上受周作人影响很重，其中就有评介《夜读抄》的一篇，对知堂书话极为推崇。曹氏对这一文体注意颇早，以后又出过一册《书林新话》。

四月五日

直睡到中午方才起床，算算也不过睡了五六个钟头，而且很不安稳。午后去了哥大，本来希望有信来的，但信夹里空无一物，未免有些扫兴。在东亚的地下室翻了一通各种版本的新文学史，无一例外地写成鲁郭茅、巴老曹的专论，一时感觉气闷非常，这种单纯以政治标准评价作家的史观，真是片面极了。多少有艺术成就的作家不得片语只字，而一些标榜革命的人，尽管没有什么作品能经受时间的汰选，却占据了文学史的大部分篇幅。至今没有一部此类著作堪称全面公允。台湾史家的偏狭，如苏雪林辈，更令人生厌。倒是在一本《香港新文学简史》中，发现了一些抗战期间叶灵凤在香港文学活动的记载。他曾连续三届当选为香港文协的理事，做过不少抗战宣传工作，但总有人拿他的曾被“左联”开除大做文章。其实，搞一些个文学组织未必对创作有什么促进，反而使一些投机分子成为欺压作家的官僚，难怪孙犁一直主张文人宜散不宜聚。作一个散兵游勇没什么不好，倒真能静心写出一些东西，不必把精力无谓地浪费到文人相轻的角斗和无聊的倾轧中。

四月六日

参加完讨论后迳奔华埠，先后逛了世界书局和东方文化事业公司。此番访书，是查阅几本有关叶灵凤的书籍，并不打算买书，所以身上没有带钱。虽然有几种想买的书，但因为囊中空虚，总算克制住了。看来这种访书的方法倒可取，不然身上带多少钱都会掏出来的。欲控制买书，只有“穷逛”。几种想买的书，一是阿盛的《满天星》，因为想搜全阿盛著述；一是《刘以鬯卷》，因为该书收有《记叶灵凤》这篇长文，对灵凤在港生活颇多透露，但此书定价太高，达二十美金。又想起我在国内所藏刘以鬯《短绠集》亦收有此篇，何必破费？姜德明先生的《书廊小品》，亦有几篇写叶灵凤的，分别谈了夏衍为他辩诬、他的爱书、他的汉奸问题。

今日《侨报》有一篇介绍《六艺茶话图》的文字。该图是一九三〇年二月高明、姚苏凤、穆时英、刘呐鸥所编《六艺》杂志创刊号上所登，由鲁少飞创作，用漫画笔法设想了一次文艺界名流的茶话会，当时比较有名的作家，包括左中右三派，都在画内。其中较珍贵的是叶灵凤的出现，他与高明、徐霞村、穆时英、刘呐鸥站在一起，说明了他与现代派作家的较亲密的关系。有趣的是他手里还不忘拿着一本书，极为传神地描绘出了他爱书的一面。

四月七日

昨夜读书，又读到凌晨四时半，把一本《爱路跋涉——萧红传》读完了。这本书与陈思和的《人格的发展——巴金传》，都可称为学者风格的传记，其特点是不作无边无际的猜测和虚构，客观的叙述乃建立在详加考证的基础上，力争做到每一事件每一细节都有所根据，当然由于传主经历的不同和传记作者性别的差异，两本书也存在各自的特点。陈思和着重写巴金人格的发展轨迹，章节安排上也沿这么一条主线，力求写出一个独特的二十世纪中国知识分子的心灵轨迹。他的文笔多的是客观的分析、理性的思辨，而不注重对细枝末节的渲染。丁言昭则从女性的视角出发，着重点放在萧红在爱的路上艰辛跋涉的始末。

她的笔触是细腻的，对一些生活细节的描写，不厌其烦。他们的写作态度都是认真负责的，并不把传主人为地理想化、伟人化，并不避讳他们性格上的一些弱点，对于与传主有牵连的一些人和事也并不企图加以掩饰和回避。遗憾的是陈思和只写了巴金的前半生，巴金人格大循环的最后两个阶段没能得到显示。

四月十一日

昨夜一时多上床后，又倚枕读朱金顺《新文学资料引论》，两百页的书，到凌晨四时许就读完了。这是第一本从理论上探讨新文学版本、目录、考据之学的书。尽管早在一九三六年阿英就提出了新文学版本之说，以后唐弢等人的书话也颇涉及新书版本，但真正从理论上对此总结阐述的学术著作却一直没有，这便是此书的价值之所在。朱金顺研究新文学有年，他的书并不是空对空地侈谈理论，而是以平实朴素的语言，联系新文学研究中的实践，以大量的例证来说明问题。

这之中颇引用了几例他自己失败的教训，能做到这一点诚属不易。他还对书话这一文体作了简单论述，尽管篇幅只有几页，所论还是允当的。

午后去华埠理发，只把头发剪短，便花费五元。然后逛了一家小书店。这书店我以前去过的，印象很不好，多卖庸俗读物，但心想淘一淘兴许有意外发现，果真在高高书架的最顶端，发现了曹聚仁的《文坛五十年》，又意想不到地淘到叶灵凤的《香港方物志》，都有些破旧了。叶著定价五元，而曹著却无定价，几个店家商量后，要四元。我说太贵，他们马上把书拿走，放回架上。这几个店家均为五六十岁的壮汉，贼眉鼠眼，一直跟在你身后，唯恐偷书，印象很不好。不过能意外淘到七十年代初出版的灵凤著作，内心还是颇为欣喜的。随后又到东百老汇的东方图书文具公司，那里店口的两个年轻女店员就颇为清丽可人。据店内贴的告示，正在举行多少年店庆，图书一律八五折。在地下室转了一圈，竟没有想买的书，兴许他们把好书预先收起来了，也未可知。想买两叠原稿纸，问店家是否文具也打折，见摇首，便作罢。

路经哥大的师范学院书店，进去买下了久在向往的比亚兹莱书籍插图选集，为伦敦出版，十六开本，其中不少画作已很熟悉。我之买比亚兹莱，除了自己也真心喜欢外，还有一层叶灵凤的作用在内，实在可称作爱屋及乌。叶氏的画风得益于比氏颇多，因此曾招来鲁迅先生“生吞琵亚词侣、活剥蕗谷虹儿”的讥讽，不过我以为这种模仿没什么不好，何况在当时，由于叶氏的引进，使比亚兹莱深受文艺青年的喜爱。鲁迅先生本人亦很欣赏比氏。

四月十五日

今天周末，日间仍在学校看书，下午得妻信，甚慰。妻对我上封信里对书倾注的感情超过了对她，感到受了冷落，说好心酸。这便是我的不是了。当初写信时，我就有所发觉，不过纯属真实感情的流露，又奈何？尽管有些“吃醋”，可她亦同样爱书，带孩子上街，也不忘给我买一册《书的梦》，又叫我好生感激。

晚间应几位美国朋友邀请，在一家西班牙餐馆吃饭。饭后一起前往林肯中心，看《秋菊打官司》。电影我在国内已看过，再看只是为了大家在一起热闹。几位金发碧眼的姑娘小伙亦如此痴迷于巩俐，真让我大开眼界。

四月二十日

每天经过的那家旧唱片书店，这几天一直在搞清仓大甩卖，许多旧书堆在门前，声称两毛五分钱就可买一本。翻了半天，见多是理工类的书，以及德文法文书。其中有一本一九五六年版哈代的《卡斯特桥市长》，书品倒不甚坏，但在手里掂弄了半天，最终还是没买。书蠹的脾气真是无法捉摸，整天抱怨书价太高，碰上如此便宜的，又不肯买，实在是伊于胡底。望一眼黑洞洞的店铺，发现已空空如也。问店主是不是要关门大吉，他耸耸肩："永远。"不知是无奈还是轻松。看来旧书业在纽约亦是不甚景气。

四月二十五日

一个天气非常好的周日，太阳暖烘烘的，吃过早饭就去逛格林威治村。在克里斯托弗街下地铁，看情形，知已在村内。此村因作家、艺术家的聚居而出名，街旁的店铺，多为书店、画店、工艺品商店，颇富艺术气息。闲逛了半日，感觉很惬意。出得村来，沿第六大道向南走，远远望见了世贸中心的双塔，不禁想起不久前骇人听闻的爆炸案。正是：炸声犹在昨天，双塔依然故我。走了一会儿，还没到双塔跟前，坚尼路却到了，便打消了去世贸中心的念头，索性到世界书局访书。书的品种还是那些，新增的无非一些名人传记。在大陆开始控制领袖传记出版的时候，台湾似也刮起一股毛泽东热，其中一本《诗霸人狂毛泽东》，印装极精美。把毛诗配以解说，再插印照片和手迹，这在大陆来说，也是无从见过的。

晚上独处陋室，一股空前的空虚和烦躁突然袭来，这原因，便是因了“书读完了”。往后的日子，恐怕要转而苦读洋文了。

六月九日

昨夜睡前服药四粒，结果一夜都睡得很安稳。今晨起来，病痛稍减。午后去华埠，在东方文化事业公司翻了一通书刊，见有黄裳新著《榆下杂说》，不免感叹出口之神速，刚刚黄先生还在上海的凤鸣书店签名售书。书由上海古籍出版社出版，大三十二开，黄色的压膜封面。这样的设计，庄重有余，灵气却荡然无存了。内容则多是近年所写关于古书的题跋，其中有不少在《读书》杂志发表时即拜读过了。售价则达八美元，高出国内十来倍。说到黄裳的书，我以为设计最具匠心的，还是北京三联的《银鱼集》，不记得是不是出自范用老板的手笔了。《榆下说书》虽则封面有些沉闷，但整体设计也还不错。香港三联所出《山川·历史·人物》《珠还集》《晚春的行旅》

三书，纸墨之精良，大陆出版物是难以望其项背的。人民文学出版社出版的《过去的足迹》，则以大方、舒朗见长。我本来已有一册平装本，后来在北京古籍书市上，又碰到一册精装本，也买了来。哪一本都舍不得放弃。

六月十七日

晨八时起床，即往联邦地区法院，但要听的案子，今天没有开庭。又试了几间法庭，都不见有人，便去州最高法院。此处建筑显得老旧，法庭也较空旷。有几处，法官正在接待律师，另有不少人坐在一旁等候，也不似开庭的样子，便出去。远远望见世贸中心双塔，心想索性逛逛真正的下城。没走多远，便到了跟前。这儿倒颇有几分大都市的气派。摩天楼下乃一广场，有喷泉什么的，但游人很少，所以绝不似中国那般闹。进去，底层则是巨大的购物中心，隔成了许多独立的分部。逛了两家书店，其中一家叫古典书店，与一般书店也并无二致。还有一家杂志店，花花绿绿的，陈列期刊甚多。出得世贸，便继续往下走，穿行于摩天大楼之间，真似在峡谷中一般。只差一步就是华尔街，却没进去，径直到了南街海港的十七码头。援梯而上，是一层又一层的平台，除了酒吧和快餐店外，靠边儿放置了许多躺椅，躺于其上，观海、晒太阳、吹海风、闻那种腥腥的海味儿，倒别有一番情趣。不远处，便见曼哈顿大桥和布鲁克林大桥相傍横跨海面，自是巍峨壮观。返寓已是午后二时。得妻信，称《孙犁的〈秀露集〉》已发《今晚报》。这倒让我惦念起老人的近况，这一段他发东西好像愈来愈少了。

六月十九日

是一个燥热的上午，与二三友人相约参观大都会艺术博物馆。上巴士前，在报摊儿买份《侨报》，则见我发表在《光明日报》的那篇《叶灵凤在香港》，这里也转载了。重读一过，不免脸红，因为实在不够全面，有不少资料，又在作完此文后发现。

博物馆建于一八七〇年，一八八〇年迁至中央公园中的现址，由美国建筑师亨特设计完成。荟萃了全世界艺术之精华的藏品，陈列于两层主要楼面。走马观花地看下来，也花去大半天的时间。印象较深的，有古希腊罗马的雕塑、英法的室内装饰艺术、古埃及的丹铎庙。兵器盔甲厅有几匹兵马，甚为壮观。乐器馆所藏品种亦很多。欧洲绘画部分，则令人目不暇接，梵高、德加、莫奈等艺术大师的作品，都是我久已喜欢的，这次亲炙真品，真恍如梦中一般。而所谓的二十世纪艺术，就不敢恭维了，怎么也看不出高明在哪里。陈从周教授设计的中国庭院明轩，则显得精致、小巧、清清爽爽。纽约的博物馆一般都设有书店，这里的书店则以印制精美的艺术画册见长，也有不少经典名画的复制品，但价格都不算低廉，穷困如我者，只能饱饱眼福了。

七月九日

连日来纽约遇到了几十年不见的持续高热，

气温超过了华氏百度。在老旧不通风的公寓里，既没空调，又无电扇，不动便是一身汗，且伴有阵阵恶心，似是中暑的先兆。到哥大，图书馆倒是有冷气，但也无心干正经事，闲翻些书报而已。本拟重读张宗子的《嫏嬛文集》，却见手边有一册李敖的《中国性研究》，粗粗翻了一遍，真是肆无忌惮得可以。李敖比之柏杨，更加口无遮拦，也难怪出那么多书，因为什么话都可以说。不过，从香港影人梁家辉的专栏文章中得知，李敖现如今也开始改变形象了，不仅娶妻生子，更在自己六十大寿来临之前，忍口暂不骂人，潜心著述一部有关中国民间思想的学术著作。放下李敖，又见《瞭望》周刊第十五期，载有徐城北写黄裳和姜德明的一篇文章，长达两页，小字密排，但也并无太多情趣，只是文前配有丁聪为两位书人所造漫像，倒值得收藏，便去复印，不想复印机坏了。

七月十一日

昨夜倒颇感得些许凉风。今晨听广播，气温

略有下降，但还是逼近华氏百度。上午抄了几篇短稿，又去报摊买了份《世界日报》，午后一时就上街了。先来到林肯表演艺术中心，到久已慕名的大都会歌剧厅转了转，果然是奢华无比。这里一年四季上演全世界最优秀的芭蕾和歌剧，门票亦贵得出奇，最高可达四五百美金，最低的也在百元上下，自然不是我辈可以光顾的地方。

随后来到百老汇大道夹八十二街的邦斯和诺堡书店。这是全美最大的一家书店，始建于一八七三年，到今天，已有五百多家连锁店遍布北美。八十二街的这家分店，也有了近百年的历史。建筑古色古香，营业面积也非常大。书籍的琳琅满目是不消说的，最吸引人的，还是那富于艺术性的布置和优雅宁馨的气氛。它所在的纽约上西城，曾居住过不少著名作家，他们都是这家书店的常客，至今书店的墙上还挂了不少作家肖像，显示了它与天才作家们的传统友谊。当中弗吉尼亚·伍尔夫的侧面肖像清丽极了，令我过目难忘。只是不解何以拿英国作家王尔德的肖像作了书店标志，这之中必有一段特殊的因缘。

与一般书店不同的是，这里不仅不反对只看不买，甚至还在书架之间的空地上，放置了许多造型古朴的桌椅，让你坐下来慢慢读个够。即使铺开纸本明目张胆地摘抄，也不会有人干涉。儿童图书区的布置更具有童话色彩，一些画册随意地盛在一只只竹篮里，地毯的花色也是绚丽多姿，有不少年轻的母亲推着婴儿车来此逍遥，一些孩童索性趴在地毯上，沉迷于书的世界。外面正是酷暑，书店却凉气怡人。在此盘桓竟日，不啻一种莫大的享受。一楼半的那间小巧别致的咖啡厅，恐怕就是专为这些作竟日游的书迷而设的罢。

书店还免费提供图书介绍和活动月历，印刷很精美，上面记载着一月内将举行的作家签名售书、读书讨论会等等的活动安排。书价之低，也是其他书店所不能比，譬如它专设有“五元以下小说”专柜，那里陈设着莎士比亚的戏剧、狄更斯的《双城记》、勃朗特的《简·爱》、马克·吐温的《汤姆索亚历险记》、惠特曼的《草叶集》、奥斯汀的《傲慢与偏见》等，都是精装巨册，非常漂亮，售价却都不超过五美元，真是便宜得很了。

七月十七日

自五月初放暑假，转眼已两个多月。今天周末，则又是假期中的假期了。午前仍去寻访书店，穿过中央公园，便来到了第五大道。这里是大书店云集的地方，邦斯和诺堡、道顿书店、双日书局等纽约三大书店的总部均设于此处。邦斯和诺堡在第五大道至少有三个分号，规模都与八十二街那家不相上下，气氛则略显逊色。双日书局亦极富规模，它也有了八十多年的历史。道顿书店没有发现，却逛了一家布兰泰诺，在第五大道夹四十八街。向东拐，便来到了联合国总部，大厦紧傍东河，进内参观，安检甚严。这里亦设有一间书店，图书以各国概况、能源、环保、儿童类居多。旁边的邮局发售仅限在此间使用的联合国邮票。眺望了一番东河，并不比哈德逊河来得宽阔。出联合国向北，穿过一片环境幽静的高雅住宅，便到了东五十九街，远远望见由曼哈顿驶向罗斯福岛的空中缆车。跑到站台上边看了看，单程票价是一元四角。车站下边是斯特兰旧书店的流动书摊，几只漆成红色的书架一摆，便形成一个小小的临时书亭。向西便又回到了第五大道。中央公园的南入口处非常热闹，一辆辆游览马车停在那里，马粪味甚嚣尘上。在通往公园的甬道上，有不少画家在为游人画像，也有的将自己创作的纽约风景画摆得到处都是。一位女画家不停地喊着："肖像，十分钟就得！"

七月十九日

晨起仍去南区法院，到那里才知那个案子已经审结。此时天色阴沉，开始落下淅淅沥沥的雨丝，索性冒雨拐到了唐人街，在东方书局翻书。从一本散文鉴赏词典中，发现了叶灵凤的两篇散文，其中一篇叫作《能不忆江南》，原收在《晚晴杂记》一书中，此番乃首次得见。放下此书，抬头便见书架上夹杂有一册薄薄的小书，书名叫《能不忆江南》，书脊上却没有作者姓名，抽下来一看，正是叶灵凤所著，乃江苏古籍出版社出版，由姜德明选编灵凤回忆故乡的散文而成。书前有序，论述灵凤著作颇详。索价二元八角，极欲买下，但囊中只剩回寓的车资，只好留待改日了。

归途又去了嘉年图书公司，见高高架上有叶灵凤的一本《花木虫鱼丛谈》，乃香港南粤出版公司一九八九年初版。翻翻内容，不过是《香港方物志》的新版，只是改了书名；又把原来朴素简洁的篇名，均改作格式统一的联语式，徒增了几分商业气。记得北京三联亦出有此书，我已购下，不久前又买到了《香港方物志》，所以便没有再花十美元重复购买，如果手头宽绰，实在各种版本都应购下的。

七月二十二日

虽然仍是盛夏，但近几日纽约的天气，却总给人以秋天的感觉。常常回想起故国的清秋，一般来说，总是些略带伤感的回忆。最近总爱在黄昏时分，到河滨公园林木遮天的小径上走一个时辰，然后，便择一视野开阔处，坐下来呆呆地看哈德逊河，看河上的落日。此时，什么都可能想，有时可能什么都不想，直看得天边的微红渐渐淡去，河面漾起一层耀眼的银波。

去哥大的这段百老汇的人行道上，这几日旧书摊儿日见其多。其中的一个格调较不俗，所卖多文学名著，都是些纸面平装的很精巧的开本，一般售价在一元五角到三元之间。其中奥斯汀的《傲慢与偏见》书品不错，售价只一元五角，康拉德的几本小书亦很清新别致，很想买下来长夜解闷，但终于没有买下。最后花一块钱买狄更斯的《双城记》一本，乃纽约埃尔蒙出版公司一九六三年的版本，年龄恰好跟我一般大了。另一黑人摊儿上有一册《比亚兹莱早期画选》，十六开，厚厚的一册，尽管外面的纸封套有些破损，但布面的精装封面却很完好，索价六元多。但翻到其中一页，却赫然看见一只早已干枯的金黄色昆虫，疑是蟑螂，顿觉恶心，赶忙放下走了。

七月二十五日

清早起来，又将《思乡的花束》的段落次序大大地调整了一番，感觉较前顺畅了许多，并且誊抄了一份，但寄给哪里，却没有最后决定。午后又沿百老汇南下，步行到八十二街的邦斯和诺堡。此番主要欣赏画册，选了几种自己喜爱的，坐在黑色小桌旁慢慢翻看，倒很像置身仙境一般。这之中两巨册一套的梵高画集，是就连梵高的素描也都搜罗殆尽的，却只卖二十四元，是不算贵的。想找比亚兹莱，总也找不到。又去第五大道，总算觅见道顿书店，原来就在洛克菲勒中心左近，却没有开门。从玻璃门窗望进去，规模确实不小，布置亦相当奢华。他日当再来寻访。

七月二十八日

昨夜倚枕读黄裳《晚春的行旅》，差不多到了凌晨两点多。除了几篇绍兴游记外，又重读了那组入蜀日记《过灌县、上青城》。已说不清是第几遍读了，总觉得是新鲜的。黄裳游历河山甚多，每到一地，先将该地方的史志掌故浏览一过，再去实地体味，加之他对于历代诗文词曲的了熟于心，所以就能够涉笔成趣，且具有了一种历史感。事实上他除了作为藏书家外，对于历史，特别是晚明历史也是颇有研究的。黄先生还是一位很懂得品味生活的人，一盆八宝粥、一壶青城茶，在他笔下，往往具备了一层文化的况味。我尤其爱读黄氏日记，这里极详尽真实地显露了作者多彩多姿的心曲。其实，他所有的文字，又都像日记。他总是在那里独白，在那里絮絮私语。一砖一瓦、一颦一笑，都被作家细致的眼睛摄下。这位表面木讷寡言的老人的敏感心细，曾让他的好友姜德明惊叹不置。

七月三十一日

午后出发，乘地铁在时报广场下车，沿四十二街进入第五大道，再向南行，便到了东三十六街。由此向东，就在麦迪臣街角发现了那座颇有古风的摩根图书馆。进来，先存包，门票五美金，学生优惠，三个美金。大厅左手，便是一展室，展览的是小摩根自一九一三年到一九四三年间的收藏。这之中有不少珍稀古书和作家手迹，其中印象深刻的是白朗宁夫人抒情诗的手稿，字迹颇秀丽，不禁想起年轻时读过的那些震撼心灵的情诗。向北走，便是一东西向的长长的画廊，这里陈列的，乃摩根夫人的收藏。她和乃夫乃子一样，也是一位热心的收藏家。除了不少有关植物、园艺、农业的珍贵图书外，还有一些她自己的绘画作品。穿过画廊，这才来到了建于一九〇六年的旧馆。建筑风格是文艺复兴式，即便在今天，仍觉得雅致堂皇无比。圆厅全由漂亮的大理石砌就，圆形的屋顶上绘满了中世纪风格的图画，还有不少栩栩如生的浮雕。西屋乃摩根书房，墙壁全用红色的锦缎贴就，上面悬挂着摩根父子的肖像和一些名画，四面环以高仅及肩的书橱，摩根生前用过的大书桌静静地放在北窗下。东屋则是藏书室，冲门壁炉的上方是一幅巨型挂毯，遮住墙壁的书橱分作三层，每层都有一圈走廊，但却不见楼梯，经过打听，才知楼梯隐藏在书橱后面，其中一只书橱也就是活动的房门。陈列柜中有不少价值连城的书籍，其古朴和雅致，正不亚于我们的宋刻明椠。

附属建筑的北面，有一花园式庭院，地面和四周的墙壁，全是白色的大理石，上面爬满了青翠的藤萝。院中有四株不大不小的树，细小的叶片，有些像丁香，问问馆员，他说他们都叫它黑橄榄。在漆成墨绿色的圆桌小坐，感到非常的幽雅和快意。花园北侧的“摩根房子”中，除了两间会议室外，便是那间书店了。自然有不少介绍摩根图书馆的画册、明信片之类，所经售的图书，一律纸墨精良、装帧考究，但价钱也都不菲，有两种限定版的诗集，每种只印一百三十五册，版权页上有诗人亲笔签名和编号，虽只二十来页，却索价三十美金。不出我意料的是，这里有不少关于西洋图书装帧史的著作，印装之精美，所附珍贵书影之多，真让人目瞪口呆。其中约瑟夫·布鲁门瑟尔所著的《印本书的艺术》，十六开巨册，漂亮得无法言说，但看看五十美金的定价，也只有徒唤奈何。最后只购得明信片一枚、贺卡一枚、摩根图书馆藏品介绍一本，还有一本一美元一册的微型小书，只花了三个多美金。要是经济宽裕的话，真不知有多少精品值得购买。我虽非富翁，但对摩根这样的懂文化、爱艺术的富翁，却从内心里尊敬。跟他相比，那些只知海吃山喝、夸富比阔的暴富儿，真是粗鄙极了。

出得馆门，已近下午五时，又在街对面，将图书馆的外观细细审视了一番，还请一家公寓的门房，帮我拍了一张照片。

八月五日

经上午约定，午后时分前往哥大附属图书馆。电话中说在一三一街，百老汇和河滨之间，到得那里，却只见废弃不用的旧工房，和一些汽车修理行，总也不见哪一幢建筑像图书馆。乃往东走，一直过了“阿姆斯特丹”，见一绿树掩映的高地气氛倒很文雅，走近才知是教堂。又返回原来的地方，这才发现图书馆就在一幢旧工房的三楼。进去后，但见硕大的书库中书架林立，略略巡视之后，竟发现有不少的三四十年代新文学的初版书，这倒是一个意想不到的天地。终于找到了叶灵凤的《晚晴杂记》。书的封面是白色压膜，左上角一红色剪纸风格的夕阳图案，右下方是手写体的书名，由香港上海书局印行，共收文八十篇。将篇目逐一抄下，却见已有不少分别收进《读书随笔》和《能不忆江南》中，过去少见的几篇，有记叙灵凤少年时读书地九江、昆山、镇江等地风物的，自是珍贵，但全书既无前言，又无后语，书页也有些发脆泛黄了。我所藏的灵凤《文艺随笔》，乃一九七九年的再版本，这次见到一九六三年的初版。封面、版式和篇目均无变化，只是初版的卷首有一《〈南苑文丛〉缘起》，卷末空白页上印有该文丛其他两种的预告，分别是高伯雨《听雨楼丛谈》和曹聚仁《小说新语》，再版本都给删去了。另有一册灵凤和另外五位作家的散文合集《红豆集》，却是以前在北大见过的，这次也将叶灵凤的篇目抄了下来。至于《鸠绿媚》，却给人借走了，《香江旧事》也未寻到。坐在我对面的一位，借了不少沈从文的著作，我乃跟他攀谈，他说二十多年前来自中国，现在美国某大学任教授。我跟他侃了不少沈从文的逸闻，但他所知似乎并不甚多。闭馆后又去了东亚图书馆，翻了一周来的新报。《光明日报》有一整版长文记陈忠实写《白鹿原》，另有一文写贾平凹在京签名售《废都》的情形，可见近期陕军之火。陈作此书，耗时五年，贾也是东躲西藏，在乡间完成的《废都》，再联想到路遥因一部《平凡的世界》而猝然早逝，真让人感叹文字经营的不易。

八月六日

总起来说，纽约的气候还是颇为宜人，虽是盛夏，但今晨起来，却感到一种清秋的凉爽，走在河边的树荫里，亦踩得满地的落叶沙沙作响，不免萌生一种浸着微愁的秋日的惆怅。仍去旧工房看书，故意选择了河滨公园这条路，由于时间尚早，有意走走停停，以享受难得的一份清闲。在靠近河边教堂的那片区域，因了地势起伏颇大，亦使得河岸风景增添了几分意趣。满眼的绿色不消说很舒服，零零落落的建筑，亦较别处幽静和整洁。一位工人在用机器吹扫落叶，嗡嗡作响中，树叶便纷纷扬扬地聚到一起。不远处便是著名的华盛顿大桥，东西飞架，便将曼哈顿和新泽西连为一体。十点整图书馆开门，穿梭于书架之间，将绝版旧书搜罗了几十本，包括冯亦代《书人书事》初版、俞平伯线装诗集《忆》。另有一本上海千秋出版社辑印的《作家腻事》，尽管有些庸俗，但若细细研读，还能发现不少前所未闻的文坛掌故。我就将其中《叶灵凤与赵克臻先行交易》一文复印下来，聊作研究的参考。记得曹聚仁说过：诗人住在历史上几乎等于神仙，要是住在我们楼上，便是一个疯人。其实不少的文人墨客，生活中常会有一些迹近荒唐的举动，不似后人想象的那般道貌岸然，不食人间烟火。所以对这类专记作家“另一面”的小册子，虽不可全信，亦不可不信。即使这一切都属实，作家在我们心中的位置，也不至于发生大的动摇，只有会心的一笑而已。

八月七日

从纽约公共图书馆门前经过多次，都因星期日不开馆而未能进去。印象中，只觉得那一对石雕的卧狮，和那高高的台阶，有一种威武庄严的气氛。不过，畅游书城的愿望，总算在今天成为现实。

坐落在第五大道夹四十二街的这座建筑，已经有了八十多年的历史。在十九世纪末，纽约市还没有一家全市性的公共图书馆。虽然有几家著名的私人图书馆，像阿斯特图书馆、列那克斯图书馆，都免费向公众开放，但终究因场地和藏书的限制，而满足不了众多读书人的需要。一八九五年，这两家图书馆和另一位有志于建立一座公共图书馆的蒂尔登先生的遗产联合，构成了现在的公共图书馆的基础。一八九七年，纽约州议会批准市政府在克柔顿水库的旧址建造一座图书馆，此建筑由坎若里和哈斯汀设计，于一九一一年正式建成。这是美国历史上的一个重大事件，当年五月二十三日建成开馆典礼那天，许多名人要员，包括当时的美国总统塔夫脱都亲临祝贺。从当年所拍的照片看，这座雄伟殿堂巍然屹立，四周则显得有些空旷。如今，许多摩天大楼拔地而起，它却显得有些矮小了。但如果走进馆内，还依稀能感到它的雄伟和辉煌。

门前的两尊卧狮，由爱德华·克拉克·波特创作，和本馆建筑同时完成。它不仅成为该馆的象征，而且在近百年间，发生过不少与狮子有关的趣事。现在的馆内画廊上，有一个“此时与彼时的狮子”的橱窗，展示的是各种有关狮子的图画和照片。其中一幅照片给它们戴上了巨大的礼帽，系上了黑色的领结，颇有几分绅士派头。这是一九八六年为纪念该馆中央建筑七十五周年年庆而搞的恶作剧。理查德·泰勒作于一九三八年的一幅画，则使它戴上副老花镜，手捧书本，俨然一个老学究。另一幅作者未详的画，则描绘它正在一手执书，一手持扫帚，拼命打扫着书上的灰尘。是对卫生条件差的不满，还是讽刺人们不爱读书，恐怕只有当时的人们才能明白。

中央大楼的地上建筑共有三层，宽敞的门厅里，照例设有咨询台，提供许多有关该馆服务项目的资料。大厅右侧，便是一间书店，我照旧迫不及待地进去，以求先睹为快。图书品种并不比纪念品多，其中有一种根据一八五五年版重印的豪华本《草叶集》，售价高达九十五美金，漂亮是十分漂亮，但又岂敢问津。倒是多佛公司出版的一套平装本世界文学名著引起了我的注意。这套书设计也还精美，不知何故，却便宜得让人不敢相信，不论厚薄，一律售价一美金。当下就选了十种。

图书馆分作不少的专题阅览室，如地图部、科学和公共事务部、东方部等等，因不能直接进入书库，便不能更深切地感觉这个世界最大的研究图书馆之一的藏品是多么浩瀚。目录厅和流通台很大，跟建筑的古色古香形成鲜明对照的是，设备非常的现代化，一九七五年以后出版的新书全部将目录输入电脑，要查找一本书，只需敲动键盘。更有趣的是，一九七五年以前的旧书目录也不像其他图书馆那样制成许多的卡片柜，而是将卡片影印在一本本八开的硬皮大书中，一排排地列在那里，倒活像是百科全书。

纽约公共图书馆不仅是世界五大学术研究图书馆之一，更具有着博物馆的性质。它辟有不少展室，定期展览各种馆藏珍品。正在展示的，就有“一八九〇——一九〇〇不列颠作家”。使我兴奋不已的是，竟在这里见到了由比亚兹莱插图的王尔德《莎乐美》英文版的最初版本。早就熟悉了比氏的那些奇特的黑白装饰画，现在得睹真容，真是恍如梦中。也见到了由比氏担任美术编辑的《黄面志》的最初四期，还有另一种由他作插图的著名杂志《萨伏伊》。《黄面志》的封面果真是黄色。《萨伏伊》的开本却比前者整整大出一倍。叶芝的诗集《心愿之地》亦由比设计。另外一位短命的英国作家道生，亦是我久已仰慕的，这里则陈列着他的手稿和几种著作的最初版本。他和比亚兹莱都属于《黄面志》的一群，所以，他的诗集和剧本，亦由比亚兹莱绘制插图。这些文学珍品均由美国学者伯格捐赠，隔壁的伯格专室中就悬挂着他的肖像。而整个图书馆的奠基人，阿斯特、列那克斯和蒂尔登三位先生的名字，亦醒目地镌刻在中央大楼大门的上方。那些为人类文明做出过无私奉献的先辈，将和这些文化瑰宝一道，万古流芳，惠泽百世。

初版后记

这本小册子，是我十年来关于书的文字的结集。本来打算取名《读书灯》，但在联系出版社的过程中，改成了现在这个样子。加上“纽约”的字样，固然有商业意义上的考虑，但也并非全为销路计。一方面，本文绝大部分文章写作于纽约旅次；另一方面，书中《纽约寻书》这一辑文字，当年在我所居住的那个城市的日报上连载时，颇招致一些我认识和不认识的朋友的垂注，就是在若干年后的今天，仍不时有人提及当年一篇一篇读它的情形。我算是有自知之明的，因而并不曾感到这些在异国孤旅中信手涂下的文字有什么了不起，但我感谢朋友们通过阅读这并不多趣的文字，所暗寓的对我的关爱之情。纽约之于我，仅仅一个四季，但这一年里写下的文字，却在这本“十年作品集”里占了一半以上的篇幅。几年过去了，可当年在一张张五颜六色的打印纸的背面涂涂写写的情形依然恍如昨日，耳畔时常响起雪夜翻书时，窗外传来的沙沙的扫雪声……

我非常感激林征先生和郑世芳先生为它的降生所做的种种努力。我也乐意把这本小书献给鼓励过、帮助过我的《石家庄日报》《燕赵晚报》《河北日报》《燕赵都市报》《杂文报》《信息大观报》《人民日报》《光明日报》《文汇报》《中国青年报》《解放日报》《新民晚报》《文汇读书周报》《中华读书报》《今晚报》、美国《侨报》以及《读书》《博览群书》杂志的编辑先生们。

此为后记。

李广宇记于一九九八年暑月

新版补识

《纽约寻书》是我的一本旧作，一九九八年由国际文化出版公司印行后，得到过不少书友的错爱，其中一位我不曾谋面的藏书家萧金鉴老先生，还自费购书送给山东的阿滢，并题联句曰："纽约寻书不辞远，悦读无处不销魂。"两三年前萧先生辞世了，许多人写了怀念文章，我也正是从阿滢的文章里知道了这一情节，心有戚戚的同时，也使我有了将这本小书再版的勇气。

校读二十年前的旧著，既有恍如隔世之感，又有一些纠结。当年读过的书还少，很多事情还不知道，现在知道一些了却又不能告诉他，告诉他了他不年纪轻轻的就成一小老头了？所以还是不加任何改窜，一任他保持着原初的青涩。青涩是一个过程，也是一个存在。当然还是忍痛抽去了四万字左右的篇目，一是使这本小书尽可能纯净一些，二是在篇幅上也与同时推出的另两本新书保持相当。

李广宇记于二〇一七年初夏

比亞兹萊

李广宇／编

我集藏的比亚兹莱

李广宇

喜欢鲁迅或者叶灵凤的，都应当知道比亚兹莱。在他们那个年代，有人也把 Beardsley 译作琵亚词侣。虽说老早就听说过鲁迅攻击叶灵凤“生吞琵亚词侣”那句名言，但亲眼得见比亚兹莱的画作，却是到了三联书店推出叶灵凤的三卷《读书随笔》之后。第一次看到这套书，是在八十年代快结束的时候，还没来得及看叶先生的文章，先就被封面上比亚兹莱的黑白装饰画来了个强烈的视觉震撼。三本书用了三种不同的颜色，分别是酒红、米黄和海蓝，书名之下，各印一幅黑白装饰画，分别是：《维纳斯与唐豪森》《赫洛德的眼睛》《阿赛王的故事》。内文中各辑的题图也用了比亚兹莱的作品，总共八幅，也算得比亚兹莱画作的一次集中展示了。比亚兹莱配叶灵凤，不亚于当年比亚兹莱配王尔德，不能不佩服范用

先生大师级的创意。

三两年之后，我去了纽约，行囊中只带了一部书，就是《读书随笔》。我希望客居纽约期间能逢着比亚兹莱，结果真有一些有意思的交集，我早年出版的《纽约寻书》中，有一些零星的记载。一九九三年四月十一日记：“路经师范学院书店，进去买下了久在向往的比亚兹莱书籍插图选集。为伦敦出版，十六开本，其中不少画作已很熟悉。我之买比亚兹莱，除了自己也真心喜欢外，还有一层叶灵凤的作用在内，实在可称作爱屋及乌。叶氏的画风得益于比氏颇多，因此曾招来鲁迅先生‘生吞琵亚词侣、活剥蕗谷虹儿’的讥讽，不过我以为这种模仿没什么不好。何况在当时，由于叶氏的引进，使比亚兹莱深受文艺青年的喜爱。鲁迅先生本人亦很欣赏比氏。”这是我买比亚兹莱的第一次，但当时对于版本情况的著录略有出入，书其实是由 Dover Publications，Inc. 于一九九〇年在纽约出版，书名 Best Works of Aubrey Beardsley，共收入插图一百七十幅，卷首并有简短的说明文字。回国之后，学过画的妹妹见了也爱不释手，就借去看了，等还回来时书已经面目全非。我又是心疼又不忍发作，直到很多年后从亚马逊重新买来一册，才算平复了这桩旧

憾。这其实也是在纽约期间买到的唯一一本比氏画集，有一次在街头旧书摊碰上了更老一些的版本，却因为古怪的洁癖作祟竟致交臂相失，这事见于一九九三年七月二十二日的日记："虽然仍是盛夏，但近几日纽约的天气，却总给人以秋天的感觉。去哥大的这段百老汇的人行道上，这几日旧书摊儿日见其多。一黑人摊儿上有一册《比亚兹莱早期画选》，十六开，厚厚的一册，尽管外面的纸封套有些破损，但布面的精装封面却很完好，索价六元多。但翻到其中一页，却赫然看见一只早已干枯的金黄色昆虫，疑是蟑螂，顿觉恶心，赶忙放下走了。"旧书虽然没有得手，却在此后不久见到了一批与比亚兹莱有关的珍稀古本，那天是一九九三年八月七日，那真是到现在都难以忘怀的梦幻一刻："纽约公共图书馆不仅是世界五大学术研究图书馆之一，更具有博物馆的性质。它辟有不少展室，定期展览各种馆藏珍品。正在展示中的，就有'一八九〇— 一九〇〇英格兰作家'，使我兴奋不已的是，竟在这里见到了由比亚兹莱插图的王尔德《莎乐美》英文版的最初版本。早就熟悉了比氏的那些奇特的黑白装饰画，现在得睹真容，真是恍如梦中。也见到了由比氏担任美术编辑的《黄面志》的最初四期，还有另一种由他作插图的著名杂志 The Savoy。《黄

面志》的封面果真是黄色，The Savoy 的开本却比前者整整大出一倍。叶芝的诗集《心愿之地》亦由比氏设计。另外一位短命的英国作家道生，亦是我久已仰慕的，这里则陈列着他的手稿和几种著作的最初版本。他和比亚兹莱都属于《黄面志》的一群，所以他的诗集和剧本，亦由比亚兹莱绘制插图。这些文学珍品均由美国学者伯格捐赠，隔壁的伯格专室中就悬挂着他的肖像。”

回国以后，比亚兹莱已渐为国人认识，有关他的书坊间也陆续出现了几本。其中较早的一本是安徽美术出版社出版的韦君琳编《比亚兹莱黑白装饰画选》。这本书有些粗制滥造，具体体现在这样几个方面：第一，没有版次和出版年月，只是从编者题记落款的“丁卯年除夕”，考证出编成是在一九八七年，是不是当年就出版了，也是个疑问。第二，书名混乱。扉页上钱君匋先生的题签和正文中作者的题记都是《比亚兹莱装饰画选集》，封面和版权页则成了《比亚兹莱黑白装饰画选》。第三，错字连篇。画集本就没有太多文字，但就是这寥寥几页文字也是错讹百出，最不能忍受的是把比亚兹莱的英文姓氏拼写成莫名其妙的 Beardsier。第四，版式毫无美感。要么一张画顶天立地，要么五六张画挤满一页，再加上

制版模糊，不由得让人生出盗版书的感觉。不过编者韦君琳倒是真喜欢比亚兹莱，她说她从七十年代起就广集资料，着手研究这位英国画家。但她提到的资料，也不过两种：一是一九二九年鲁迅编辑朝华社印行的《比亚兹莱画选》，二是一九五六年张望编辽宁画报社出版的《比亚兹莱画集》。前一种当然不可能再得到了，后一种只印三千册，六十年后的今天怕也是可遇而不可求，幸运的是我竟然遇到也求到了。幸运之地是鲁博书店，那天一边跟董老板聊着天，一边随意地拿起一本塑纸包裹的软软的旧书，一看竟是《比亚兹莱画集》，顿时一激灵。董老板说："这是我们鲁博一位老先生在海王邨发现的，他总是把别处淘到的好书搬回我们店里。"尽管标价五百，我也觉着值，就乐呵呵买下了。这可能是"文革"前中国大陆出版的唯一一本比亚兹莱，那个年代也能出版这么颓废的画儿，想必是沾了鲁迅的光——凡是旗手喜欢的，我们都要喜欢。

国内出版的比亚兹莱著作中，以新星出版社的《比亚兹莱：最后的通信》为最具价值，这可能是唯一一本文字多于图画的书，更何况这文字还是出于比亚兹莱本人之手。鲁迅说过："视为一个纯然的装饰艺术家，比亚兹

莱是无匹的。”“没有一个艺术家，作黑白画的艺术家，获得比他更为普遍的名誉；也没有一个艺术家影响现代艺术如他这样的广阔。”不可思议的是，他的全部天才的创作，只完成于短暂的五六年时间。他二十岁成为职业画家，二十六岁就因肺病而英年早逝。本书收入的一百八十余封通信，就是他在生命的最后数年于病魔的折磨之下所留下的遗世孤稿。其实比亚兹莱七岁的时候就有了肺病的征兆，也许是预感到自己寿命不长，他没有选择油画的形式，而是以简练的黑白装饰画来发挥自己绘画方面的才能。十九岁那年，凭借着为《亚瑟王之死》创作的一组插图，他初露锋芒。此后，应邀为王尔德小说《莎乐美》英文版创作插画，那种富有装饰意味的黑白线条所表现出的神秘感像魔法一样吸引了世人的眼球，就连王尔德本人也不无醋意地说：“我的文字已经沦为比亚兹莱插画的插画。”比亚兹莱达到事业的巅峰，是在一八九四年，出版商莱恩创办了《黄面志》，并请比亚兹莱担任这个杂志的美编，甫一出版，立刻引起轰动。然而杂志只出了四期，比亚兹莱的噩运就急速到来，事件的起因又是与王尔德相关。一八九五年，王尔德因“妨害风化”罪名被捕，次日报纸上就出现了一个大标题：“王尔德被捕，腋下夹着一册《黄面志》”，

满嘴“仁义道德”的人们立时把矛头指向了专在《黄面志》上画“淫画”的比亚兹莱，他们向莱恩的办公室投掷石块，迫使他解雇比亚兹莱，并撤换了比亚兹莱的所有插图。事后才知道，媒体摆了个大乌龙，王尔德腋下其实是一本法国小说，只不过封面也是黄色罢了。虽然另一位出版商史密瑟斯伸出援手，支持比亚兹莱创办了另一份杂志 The Savoy，以此为阵地他也继续创作出一批重要作品，但《黄面志》事件对他的打击是沉重的，使得他的肺病旧疾复发。英国的潮湿气候非常不利于他的恢复，人情的冷暖也让他心灰意冷，于是他在一八九七年移居法国南部，最后死于芒通的一家小旅馆。这些通信就是他生命的最后几年向朋友们的心灵倾诉，篇幅都很简短，因为他常常连执笔的力气都没有，他为喜剧《沃尔波尼》绘制的插图，就是在卧床的情况下完成。“很沮丧，很害怕”，是他对自己病情的真实反映，他甚至很清醒自己恐怕已经来日无多。病痛孤寂之中，他的唯一乐趣是读书，当他打开朋友寄来的一小包书，会像儿时收到圣诞礼物一样欣喜，迫不急待地想要阅读，正如他在信里说的：“书店和打印店是我永不枯竭的快乐源泉。”这本书的末尾，写的是比亚兹莱一八九八年三月十六日那天死去时的情形，而我读到这里，惊奇地发现

AVBREY BEARDSLEY.

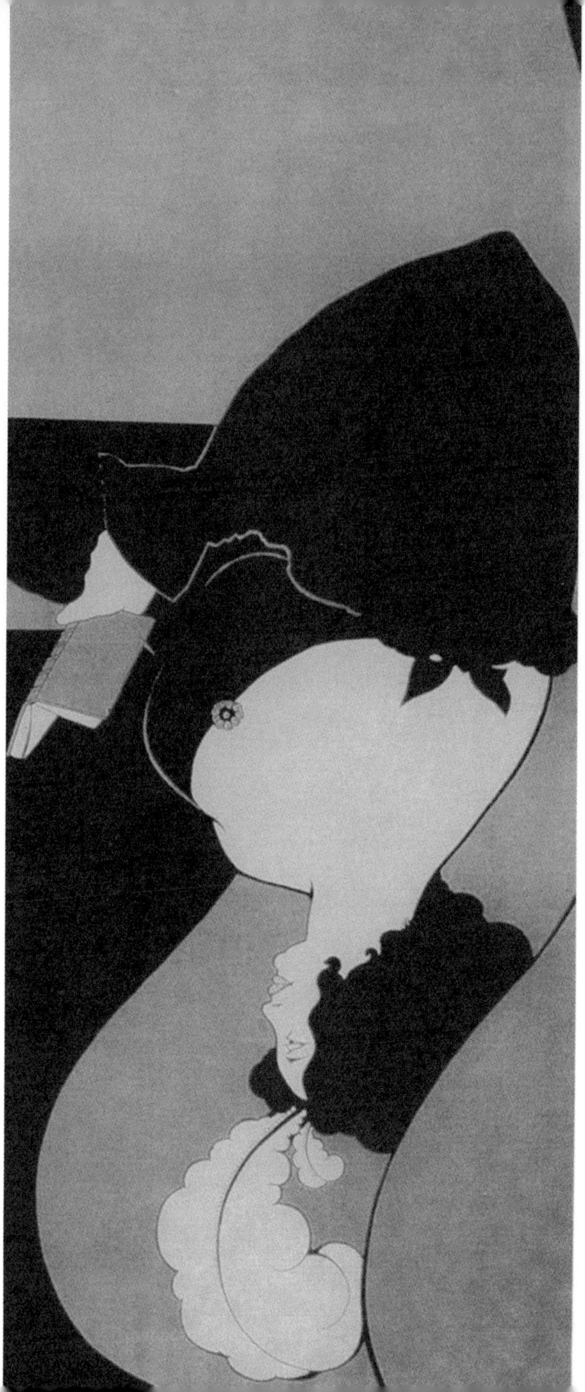

The Yellow Book
An Illustrated Quarterly
Volume I April 1894
London: Elkin Mathews & John Lane
Boston: Copeland & Day
Price
5/-
Net

AVENUE THEATRE
Northumberland Avenue, Charing Cross, W.C.
Manager - Mr. C. T. H. HELMSLEY
ON THURSDAY, March 29th, 1894,
And every Evening at 8-50,
A New and Original Comedy, in Four Acts, entitled,
A COMEDY OF SIGHS!
By JOHN TODHUNTER.
Sir Geoffrey Brandon, Bart. - Mr. BERNARD GOULD
Major Chillingworth - - Mr. YORKE STEPHENS
Rev. Horace Greenwell - - Mr. JAMES WELCH
Williams - - - - - - - Mr. LANGDON
Lady Brandon (Carmen) - - Miss FLORENCE FARR
Mrs. Chillingworth - - Miss VANE FEATHERSTON
Lucy Vernon - - - - - - Miss ENID ERLE
Scene - THE DRAWING-ROOM AT SOUTHWOOD MANOR
Time—THE PRESENT DAY—Late August.
ACT I. - - - - AFTER BREAKFAST
ACT II. - - - - AFTER LUNCH
ACT III. - - - - BEFORE DINNER
ACT IV. - - - - AFTER DINNER
Preceded at Eight o'clock by
A New and Original Play, in One Act, entitled,
The LAND OF HEART'S DESIRE
By W. B. YEATS.
Mr. JAS. WELCH, Mr. A. E. W. MASON, & Mr. G. R. FOSS; Miss WINIFRED FRASER, Miss CHARLOTTE MORLAND, & Miss DOROTHY PAGET.
The DRESSES by NATHAN, CLAUDE, LIBERTY & Co., and BENJAMIN. The SCENERY by W. T. HEMSLEY. The FURNITURE by HAMPDEN & SONS.
Stage Manager - - - - - Mr. G. R. FOSS
Doors open at 7-40, Commence at 8. Carriages at 11.
PRICES:--Private Boxes, £1 1s. to £4 4s. Stalls, 10s.6d. Balcony Stalls, 7s. Dress Circle, 5s. Upper Circle (Reserved), 3s. Pit, 2s.6d. Gallery, 1s.
On and after March 26th, the Box Office will be open Daily from 10 to 5 o'clock, and 8 till 10. Seats can be Booked by Letter, Telegram, or Telephone No. 35297.
NO FEES. NO FEES. NO FEES.

我读书的此刻恰是比亚兹莱的忌日。这种巧合不是第一次，那一年我写完《叶灵凤传》的最后一个字，郑重地署上了十一月二十三日，事后才发觉，叶灵凤正是在这一天病逝于香港的养和医院。

大陆版的比亚兹莱，最优美的还要属那本《比亚兹莱的异色世界》，但它严格讲不算一本书，而是读库笔记本系列中的一种。这个系列已经推出了几十本，每一本以一个画家或一本书的插图为主题，几页白纸之间穿插一幅图画，卷首一般请权威专家撰写一篇关于这位画家这些画作的介绍文字。懂书懂插图的汪家明就负责过好几本，他的这些文字和他所介绍的画作就构成了《难忘的书与插图》一书的主干。读库笔记本系列中外兼收，中国的我是挑着买，外国的则是见一本收一本，因为每一本都让人真心喜欢。我买过的这些外国题材的书包括：《瓦尔登湖》《巴黎圣母院》《大卫·考坡菲》《傲慢与偏见》《带阁楼的房子》《卡拉马佐夫兄弟》等，不仅这些原著是我青春年代起就追捧的文学经典，那些老插图更让人止不住地怀旧。尤其喜欢的，是肯特的《历险者》、竹久梦二的《晚春感伤》、马约尔的《牧歌·农事诗》、麦绥莱勒的《没有字的故事》，当然还有《比

亚兹莱的异色世界》。这些笔记本都是同样的十六开大小，布面精装，但每一本使用一种不同的颜色。单独拿起一本看就美得不得了，若是叠放到一起，更是蔚成大观。张立宪说，笔记本系列做得比书还精心。这话绝对不是妄言，我也确实是把它们当作最美的书来珍爱的。

《比亚兹莱的异色世界》编号〇一，由此也可看出它在出品人心目中的地位。这一本的编者是吴兴文，他不仅贡献了自己的珍贵私藏，还为每一幅插画撰写了简洁的说明，卷首那篇《莎乐美、比亚兹莱与上世纪二三十年代作家》，更见出他文雅的爱好和不俗的视域。鲁迅、叶灵凤、梁实秋、田汉、郭沫若、郁达夫、邵洵美……这么多响当当的名字都或深或浅地卷入到由比亚兹莱而引发的恩恩怨怨当中，这当中的撕撕扯扯若是那位敏感文弱的短命天才知道都是因他而起，不咯一顿血怕是无法收场。当然这都是笑谈，要说说的是那位吴兴文，他也是个超级的书物迷恋者。本来生活在中国台湾，为了淘书方便，索性移居大陆，每日里和潘家园那几个职业书虫混在一起。吴兴文的专长是藏书票收藏与研究，我最初买到的几本藏书票读物，都是他的著述。他历年积攒的书票据说过万，当中引以为傲的就包括比亚兹莱的

作品。他曾从爱尔兰都柏林的 Cathach 书店买到比亚兹莱为玻利特和卡斯坦斯设计的两款藏书票，这两款差不多是仅见的比氏书票，我从香港买的一本藏书票选集中也有收入，不过人家吴兴文的毕竟是真品。

像我这样执着地搜藏比亚兹莱的人好像也不少，上海的赵武平就是一个。他曾在《人如其读》一书中描写他在法兰克福冷摊上买到绝版比亚兹莱的经历："刚刚看过两个摊位，就在第三个摊主面前的书堆里，拣出了在以色列印制的绝版《比亚兹莱画集》。赶上贩书老人亲切随和，加上五欧元的索价也算公道，于是我的比亚兹莱家族就又添丁了。"读到此处，惹得我也是心痒难耐。于推介竹久梦二有功的刘柠，似乎同时也爱着比亚兹莱。他常常行走东京，那里有神保町、早稻田、本乡三大旧书店街，遇到比亚兹莱应当是再普通不过的事。在他的新著《东京文艺散策》中，就写到他与比亚兹莱相遇的一段囧事："没想到更大的挫折还在后面：比亚兹莱初版印刷的一套木刻，标价仅十六万日元，按说确实不能算贵。我在台前把玩了约二十五分钟，边把玩边向老板提问，直到把所有细节都问到底掉之后，一咬牙，放下画，'绝尘而去'——我感到了脖梗后面老板惊愕的目

光。”我去过一次东京，但只逛过本乡三丁目的几家旧书店，刘柠相遇比亚兹莱的神保町没有走到，我想即使走到了恰巧碰上了，一问价钱，最后的结局也不免会是“绝尘而去”。

这几年香港去得多，每次逛书店，眼睛总会瞪得大大的，生怕把比亚兹莱错过。说起来，收获还是蛮多，总共淘到三本。其中两本是台版，一为《比亚兹莱的插画世界》，一为《你不可不知道的伟大插画家比亚兹莱》，由于是不同时期买的，后来两本书放到一起，才发现不仅作者是同一人，内容乃至版式也完全相同，只是换了书名和封面，出版商也由高谈文化转到了信实文化。对于这番乌龙，我倒也没有丝毫的愠怒。这本书的特点是，结合比亚兹莱的画作，讲述画中所表现的故事，《亚瑟王之死》啊，《莎乐美》啊，《尼贝龙根的指环》啊，《莉希翠塔》啊，读过之后，极大地加深了对于插画的理解。在香港收获的第三本，则是一部英文版的比亚兹莱传记。那天从中环渡海去大屿山，目标直指梅窝的英文旧书店 Imprint Bookshops，店里有很多英文初版书，其中还有一本艾略特诗集《荒原》的初版，但我一眼瞅见的却是那本比亚兹莱传记。书名 Aubrey Beardley：A Biography，作者

是 Matthew Sturgis，由伦敦的 Harper Collins Publishers 于一九九八年出版，这一年正好是比亚兹莱逝世一百周年。书的厚度超过了四百页，装帧方面很有比氏风格，护封黑白两色印刷，四周围绕着比氏花边，中间则是比氏的肖像照。前后环衬用的是《黄面志》那种黄色，三笔曲线勾勒出一幅简约而典雅的图案，一看便知借用的是比亚兹莱为道生《诗篇》所作的封面设计。

有趣的是，有一天我也和赵武平一样来到了德国，并且也淘到了德文版的比亚兹莱画集。那是德国的最后一站了，在小城明斯特一个教堂对面的旧书店，我和翻译赵阳一进门就跟人要有版画有插图的书，临时帮店主看店的那位中年男人业务并不很熟，在他一阵忙活之时，我一眼瞥见靠近窗台的地方有一本比亚兹莱，我怕他加价，故意掩饰住异常亢奋的心情，最后时刻才冷冷地问他这本书的价钱，他要十五欧，赵阳又跟他砍下来两欧半，结完账出了门我才敢高声大笑。这书是一九四九年在汉堡印行的版本，加长十六开精装，共收画作九十六幅，卷首有一篇德文写成的比亚兹莱生平作品介绍。整个书保存还好，只是书背的包布上下两头有些破损。一九四九年，按说够古够老了，可你不知道，我的镇宅

之宝比这还早了四十来年。这是两大册十六开毛边精装画集，一为 The Early Work of Aubrey Beardsley，一为 The Later Work of Aubrey Beardsley，初版时间是比亚兹莱去世的次年，也就是一八九九年，我得到的是一九一一年的重印本。书是从伦敦查令十字路的旧书店 Henry Pordes Books 买来，不过不是我亲去，而是妹妹的同学芬帮我淘的。那是一个子夜，我正在理书，手机突然响了，芬说马上要去机场了，这套书要不要须马上决定。我看了她发来的书影，说：焉有不要之理。

Book ij. Chapter j.

OF A DAMOSEL WHICH CAME GIRT WITH A SWORD FOR TO FIND A MAN OF SUCH VIRTUE TO DRAW IT OUT OF THE SCABBARD.

AFTER the death of Uther Pendragon reigned Arthur his son, the which had great war in his days for to get all England into his hand. For there were many kings within the realm of England, and in Wales, Scotland, and Cornwall. So it befell on a time when King Arthur was at London, there came a knight and told the king tidings how that the King Rience of North Wales had reared a great number of people, and were entered into the land, and burnt and slew the king's true liege people. If this be true, said Arthur, it were great shame unto mine estate but that he were mightily withstood. It is truth, said the knight, for I saw the host myself. Well, said the king, let make a cry, that all the lords, knights, and

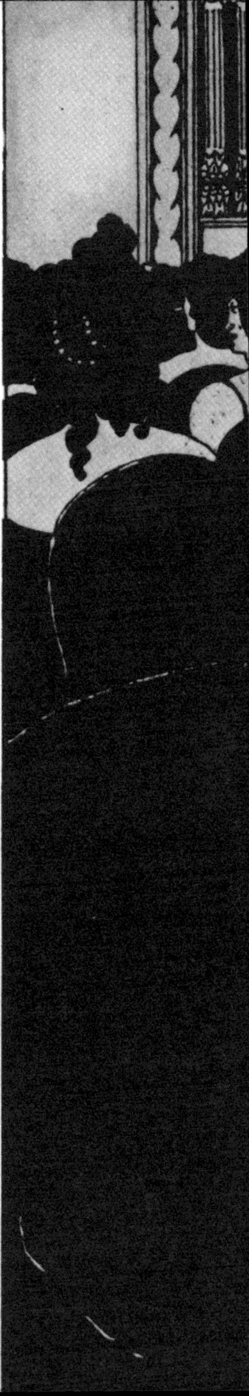

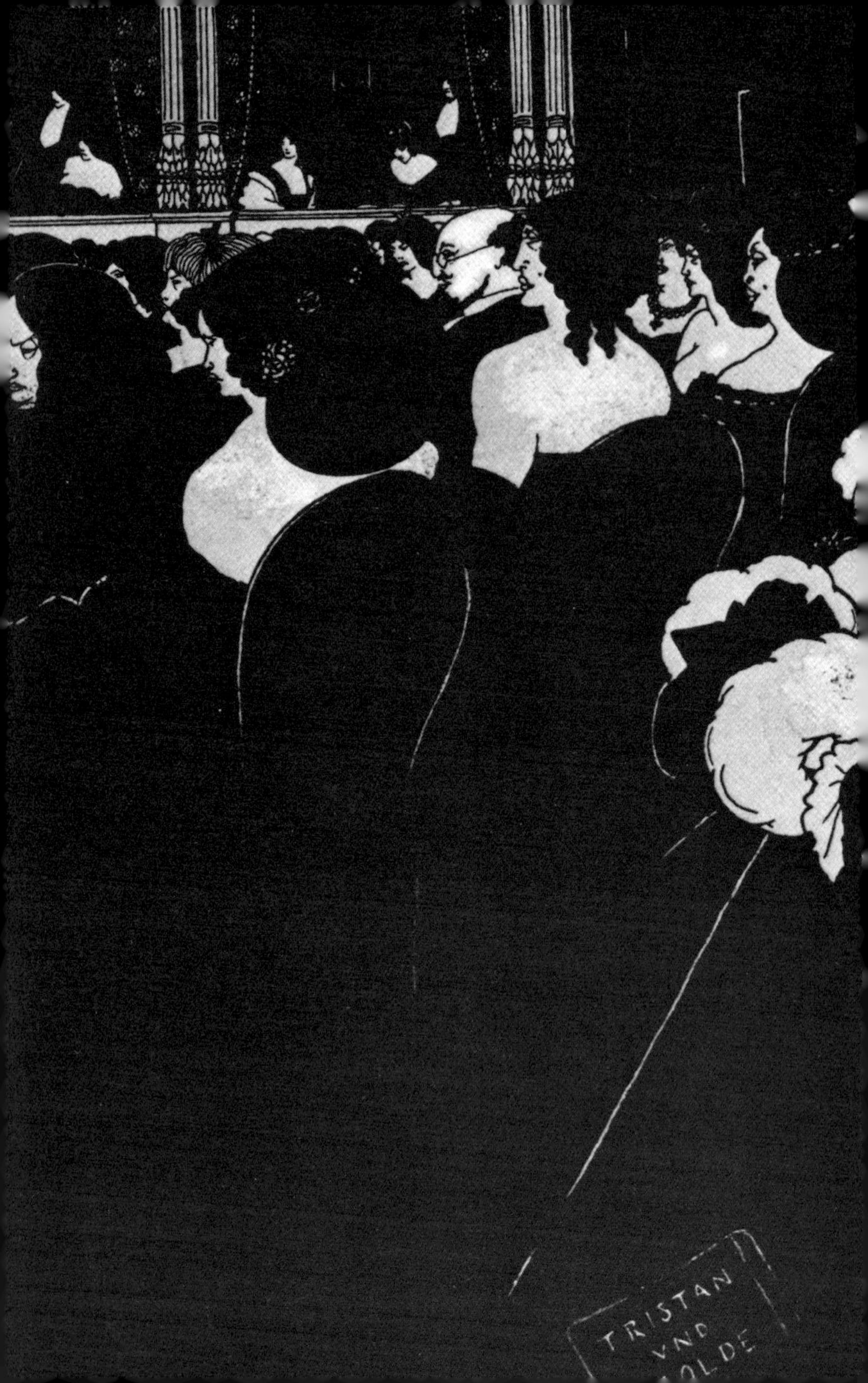
TRISTAN
VND
OLDE

AVBREY
BEARDSLEY

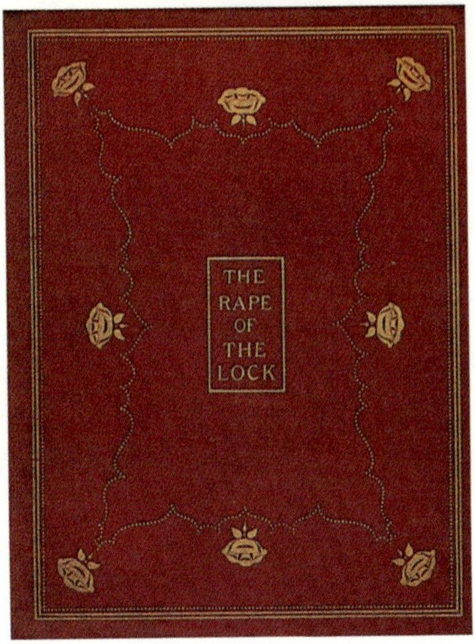
THE
RAPE
OF
THE
LOCK

Some Persons of "the Nineties"
little imagining, despite their Proper
Pride and Ornamental Aspect,
how much they will interest
Mr. Holbrook Jackson and Mr. Osbert Burdett,
1925

THE JUBILEE CRICKET Analysis
A GOOD BOWLER
OVER
SLIP
SQUARE LEG
SHOOTERS
CAUGHT
A BLOCK
A DEMON BOWLER
STUMPED
LONG LEG
CUTTING A BALL

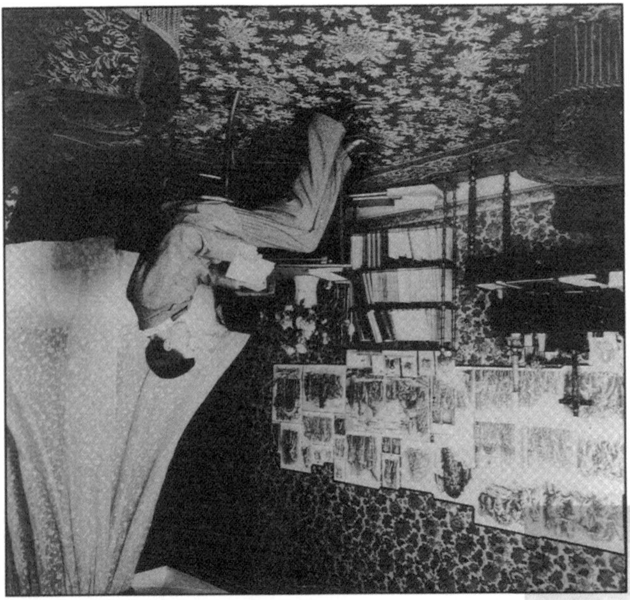

THE SAVOY

AN ILLUSTRATED QUARTERLY

No. 1 Price 2/6 net

January 1896

图书在版编目(CIP)数据

纽约寻书/李广宇著. —北京:法律出版社,2017

ISBN 978-7-5197-1009-5

Ⅰ. ①纽… Ⅱ. ①李… Ⅲ. ①随笔—作品集—中国—当代 Ⅳ. ①I267.1

中国版本图书馆 CIP 数据核字(2017)第 138097 号

纽约寻书
NIUYUE XUNSHU

李广宇 著

策划编辑 许 睿
责任编辑 许 睿
装帧设计 乔智炜

出版 法律出版社
总发行 中国法律图书有限公司
经销 新华书店
印刷 中煤(北京)印务有限公司
责任校对 杜 进
责任印制 吕亚莉

编辑统筹 法规出版分社
开本 787 毫米×1092 毫米 1/32
印张 9
字数 100 千
版本 2017 年 8 月第 1 版
印次 2017 年 8 月第 1 次印刷

法律出版社/北京市丰台区莲花池西里 7 号(100073)
网址/www.lawpress.com.cn
投稿邮箱/info@lawpress.com.cn
举报维权邮箱/jbwq@lawpress.com.cn
销售热线/010-63939792
咨询电话/010-63939796

中国法律图书有限公司/北京市丰台区莲花池西里 7 号(100073)
全国各地中法图分、子公司销售电话:
统一销售客服/400-660-6393
第一法律书店/010-63939781/9782 西安分公司/029-85330678 重庆分公司/023-67453036
上海分公司/021-62071639/1636 深圳分公司/0755-83072995

书号:ISBN 978-7-5197-1009-5 **定价**:59.00 元